文庫書下ろし／長編時代小説

切腹

鬼役 十二

坂岡　真

光文社

この作品は光文社文庫のために書下ろされました。

目次

※巻末に鬼役メモあります

幕府の職制組織における鬼役の位置

- 将軍
  - 大老
    (臨時で置かれる)
  - 老中
  - 京都所司代
  - 側用人
  - 大坂城代
  - 寺社奉行
  - 奏者番
  - 若年寄
    - 書院番頭
    - 小姓組番頭
    - 林大学頭
    - 小普請奉行
    - 西丸留守居
    - 百人組頭
    - 新番頭
    - 目付
    - 徒頭
    - 小納戸
    - 奥右筆組頭
    - 表右筆組頭
    - **膳奉行**
    - 賄頭
    - 小石川御薬園預
    - 鳥見
    - 大坂定番

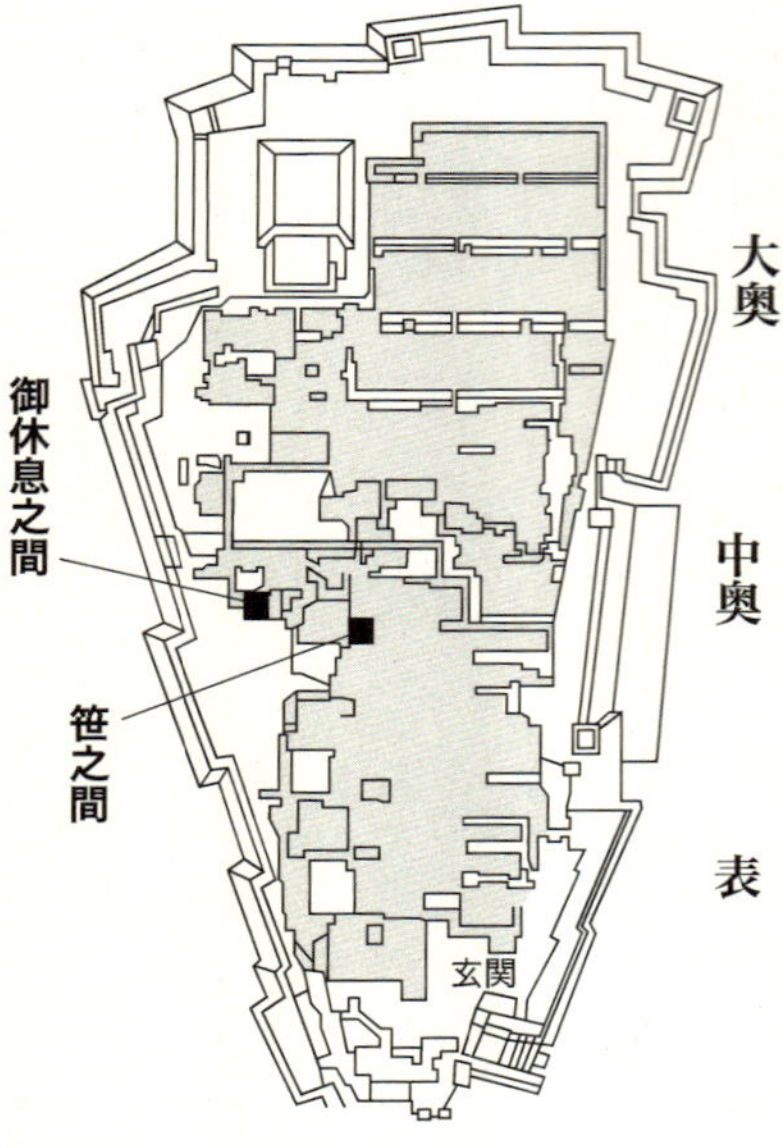

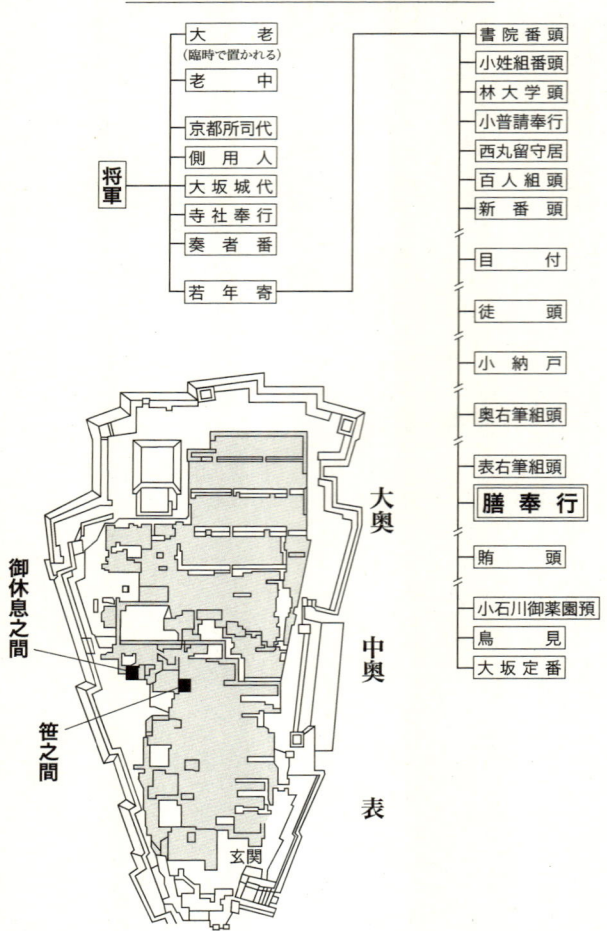

鬼役はここにいる！

★**御休息之間御下段**：将軍が食事をとる場所。毒味が終わると食事はここへ運ばれる。

◆**笹之間**：御膳奉行、つまり鬼役が毒味を行う場所。将軍の食事場所に近い。

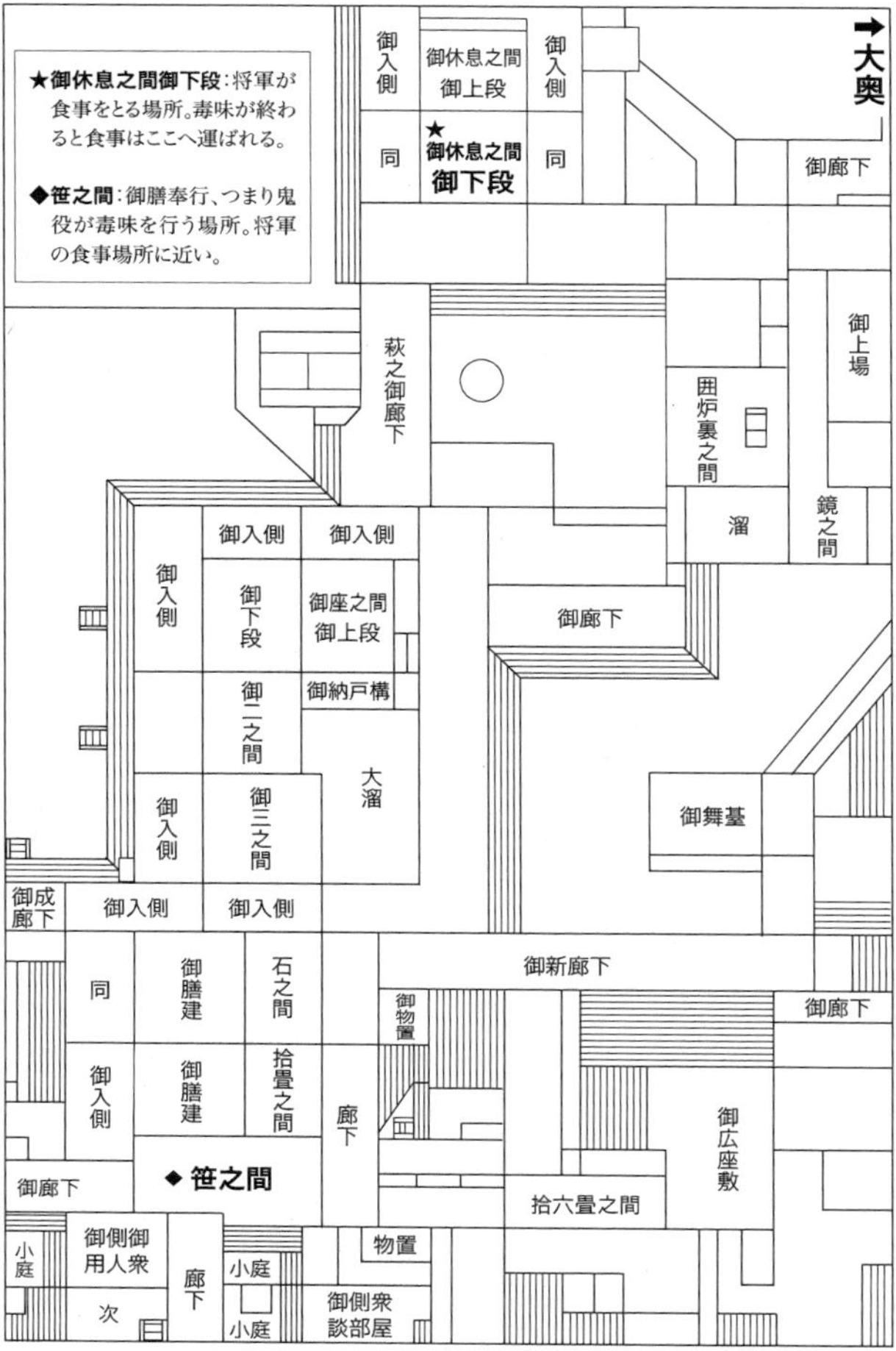

主な登場人物

矢背蔵人介……将軍の毒味役である御膳奉行。またの名を「鬼役」。お役の一方で田宮流抜刀術の達人として幕臣の不正を断つ暗殺役も務めてきたが、指令役の若年寄・長久保加賀守に裏切られた。その後、御小姓組番頭の橘右近から再び暗殺御用を命じられているが、まだ信頼関係はない。

志乃……蔵人介の養母。薙刀の達人でもある。

幸恵……蔵人介の妻。徒目付の綾辻家から嫁いできた。蔵人介との間に鐵太郎をもうける。弓の達人でもある。

鐵太郎……蔵人介の息子。算額が好きで、その才を見込まれている。

綾辻市之進……幸恵の弟。真面目な徒目付として旗本や御家人の悪事・不正を糾弾してきた。剣の腕はそこそこだが、柔術と捕縄術に長けている。

串部六郎太……矢背家の用人。悪党どもの臑を刈る柳剛流の達人。長久保加賀守の元家来だったが、悪逆な遣り口に嫌気し、蔵人介に忠誠を誓う。

土田伝右衛門……公方の尿筒持ち役を務める公人朝夕人。その一方、裏の役目では公方を守る最後の砦。武芸百般に通じている。

橘右近……御小姓組番頭。蔵人介のもう一つの顔である暗殺役の顔を知る数少ない人物。若年寄の長久保加賀守亡きあと、蔵人介に正義を貫くためと称して近づき、ときに悪党の暗殺を命じる。

鬼役 十三

切腹

蛍

一

家慶《いえよし》公に供する朝餉《あさげ》の御膳《ごぜん》には、秋の彩りがちりばめられている。紅葉《もみじ》模様の描かれた平皿に載る焼き魚は初鮭、卵のはららごは白髭《しらひげ》大根を添えて蓼酢《たでず》で食す。鯛《たい》の膾《なます》には栗、鴨《かも》肉には青昆布が添えられ、深鉢に盛った大蕪《おおかぶ》煮《に》の葛《くず》掛《が》けには土佐の三年節を削った花鰹《はながつお》がまぶされていた。

山椒《さんしょう》味噌を塗って炭火で焼いた茄子《なす》があり、絹ごし豆腐には色鮮やかな杏子茸《あんずたけ》が掛かっている。杏子茸は豊かな香りを楽しむ。食をそそられる香りと言えば、牛蒡《ごぼう》や人参《にんじん》や蕪などの根菜を熟柿《じゅくし》の汁で煮た珍しい一品も見受けられ、聞けば加賀《かが》出身の包丁方《ほうちょうかた》がこしらえたものという。

本日は八朔《はっさく》の式日《しきじつ》、江戸城中奥《なかおく》の御膳所は朝未《まだ》きからおおわらわで、皿の割れる音や包丁頭の叱責《しっせき》が鳴りひびいていた。遠く下馬先からは、献上馬の嘶《いなな》きも聞こえてくる。しかし、御膳所の東端に位置する笹之間《ささのま》だけは、水を打ったような静けさに包まれていた。

文字どおり、しわぶきひとつ憚《はばか》られる部屋の襖《ふすま》を背にして、将軍家毒味役の矢《や》背蔵人介《せくらんどのすけ》は端然と座っている。

「矢背どの、八朔の白帷子《しろかたびら》を纏《まと》ったわれらのすがた、どことのう腹を切らされるはめになった罪人のようにみえ申さぬか」

相番の桜木兵庫《さくらぎひょうご》が、突きでた腹を揺すって笑った。

蔵人介は眉ひとつ動かさず、自前の竹箸と懐紙を取りだす。

戯《ざ》れ言《ごと》ではなく、毒味役は箸の動きひとつで罪人にもなりかねない。抜き忘れた魚の小骨が公方《くぼう》の喉に刺さっただけで、罰せられる運命《さだめ》にあるからだ。一方では、毒を啖《くら》う危うさとも隣りあわせている。命を落とす覚悟無しではつとまらぬ役目ゆえに「鬼役」と呼ばれていた。

それでいて、役料はたったの二百俵、式日では布衣《ほい》も赦《ゆる》されぬ小役人も同然の旗《はた》本《もと》役である。

「割が合わぬ」

同役の連中は、いつも嘆いてばかりいた。

一日でも早く、然《しか》るべき別の役へ昇進したいと心から願っているのだ。

蔵人介はほかの連中とは、どだい心構えがちがう。毒味役は矢背家の家業ゆえ、生涯のお役目と心得ていた。お役目を仰せつかって二十五年余り、三日に一度まわってくる出仕の折は、いつも首を抱いて家路をたどる覚悟を決めている。まさしく真の鬼役と、誰からもおもわれていた。

蔵人介は眸子《まなこ》を細め、いつもどおり、亡き養父《ちち》の遺言を諳《そら》んじてみる。

――武士が気骨を失った泰平の世にあって、命を懸けねばならぬお役目なぞ他にあろうものか。鬼役はな、毒を啖《くろ》うてこそのお役目じゃ。河豚《ふぐ》毒に毒草に毒茸《きのこ》、なんでもござれ。死なば本望《ほんもう》と心得よ。

笹之間で対峙するふたりの鬼役は、どちらか一方が毒味役となり、別のひとりは監視役にまわる。

年季を積んだ蔵人介は、かならず毒味役を押しつけられた。

むしろ、そのほうが気楽でよい。

監視にまわれば、相番の粗忽《そこつ》ぶりが気になって仕方あるまい。

相番など空気のようなものだ。そもそも、眼中になかった。

蔵人介は懐紙で鼻と口を押さえ、一の膳に取りかかる。

取りあげた汁椀の実は、芽独活《めうど》と菜と切り玉子だ。

ひと口だけ啜《すす》り、表情も変えずに椀を置き、白身の刺身が載った向こう付けに手を伸ばす。

じつに滑らかな動きだ。指先に微《かす》かな震えもみられぬ。

無論、慢心は禁物だ。睫毛《まつげ》一本でも料理に落ちたら、叱責どころでは済まされない。膳に息が吹きかかるのも不浄とされているので、箸で摘《つま》んだ切れ端を口に運ぶだけでも気をつかう。困難な一連の動作をいかに短く的確にこなしてみせるか、それが鬼役の腕のみせどころなのだ。

向こう付けから平皿へ、深皿から猪口《ちょく》へと、毒味は淡々とすすんでいった。

お仕えする家慶公が大酒呑みのせいか、膳には肴《さかな》の皿も見受けられる。公方の食す膳に馴染《なじ》まぬものとしては、このしろの粟漬《あわづ》けがあり、嘗《な》め物の径山寺味噌《きんざんじみそ》や歴代の公方が忌み物《いもの》として避けてきた辣韮《らっきょう》なども供されていた。伊勢産のさらし鯨《くじら》なども、酒の肴にするのであろう。ことごとく、家慶公の好物にほかならない。

忌み物と言えば、旬の秋刀魚《さんま》や鰯《いわし》は下賤の魚として扱われるので見当たらず、加賀前田《まえだ》家から献上されたいなだがあった。

いなだとは、夏に釣れる脂《あぶら》の少ない鰤《ぶり》のことだ。頭から出刃包丁を入れ、身に中骨が残る程度にさばく。これを塩漬けにし、ひと月半ほど天日《てんぴ》干しにすれば、ほんのり赤味の射した美味そうな献上いなだになる。

毒味は酒にもおよんだ。

蔵人介は長い指を伸ばし、銀の銚子をかたむける。

相番の桜木もこのときばかりは、羨《うらや》ましげに生唾《なまつば》を呑みこんだ。

銚子の中味は菊水《きくすい》、舌を湿らせただけですぐにわかる。日によって、剣菱《けんびし》のこともあれば、宮戸川《みやとがわ》や滝水《たきすい》や七《なな》つ梅《うめ》のこともあった。いずれも、庶民には手の届かぬ高価な諸白《もろはく》ばかりだ。

白く透明な酒だけではない。銀の銚子のかたわらには、切子《きりこ》の細長い硝子《ガラス》に入れられた紫色の珍陀酒《ちんだしゅ》がある。満月の夜、野猿どもが熟れた葡萄《ぶどう》を樹洞《うろ》に詰めて発酵させ、翌月の満月の晩に酒盛りをするらしい。右の逸話をおもしろがった家慶公は、舶来の珍陀酒を「猿酒《さるざけ》」と呼んだ。

酒と肴の毒味を手際よく済ませたころ、音もなく二の膳が運ばれてくる。

黒い椀の吸い物は鴨と湯葉《ゆば》、平皿には鱚《きす》の塩焼きと付け焼きが載っており、置合わせの蒲鉾《かまぼこ》や玉子焼も揃っている。

特筆すべきは、馥郁《ふくいく》とした香りを放つ松茸《まつたけ》だ。

上野国《こうずけ》館林《たてばやし》藩から毎年もたらされる献上の品で、焼き松茸や土瓶《どびん》蒸しは家慶公も心待ちにしている贅沢な一品にまちがいない。

当然のごとく、蔵人介は松茸も口にする。

焼いたものなら、裂いた一片を口に抛《ほう》って咀嚼《そしやく》した。

味わう気など、さらさらない。旬の食材であろうと、世にも稀《まれ》な珍品であろうと、心を動かされることはなかった。膳に並ぶ料理の断片をひたすら口に運び、吸い物ならば啜り、魚ならば骨を手際よく取りのぞく。それだけのはなしだ。

飽きもせず、嫌にもならず、同じことを繰りかえしてきた。

それが日常であり、生きていることの証《あか》しでもある。

たいせつなのは、役目に誇りを持っているかどうかだ。

誇りがなければ、二十五年余りも鬼役をつづけられるものではない。どのような役目であろうとも、与えられた役目に誇りを持つことの困難さを、蔵人介は知りぬいていた。

そして、毒味はいよいよ佳境を迎える。

七宝焼《しっぽうやき》の平皿に堂々と載っているのは、真鯛の尾頭《おかしら》付きであった。

蔵人介は息を詰め、やや屈《かが》みながら左手で右の袖を軽く摑《つか》んだ。

竹箸の先端で器用に骨を取り、鯛の原形を保ったまま、適度に身をほぐしていく。

力加減は難しい。魚の骨取りこそは、鬼役の鬼門《きもん》なのだ。かたちをくずさずに背骨を抜き、竹箸で丹念に小骨を除かねばならない。頭、尾、鰭《ひれ》のかたちを変えずに骨を抜きとるのは、熟練を要する至難の業《わざ》だ。

ところが、蔵人介はいとも簡単にこなしていった。

睫毛を落とさぬように瞬《まばた》きもせず、息継ぎもしない。

箸先に全身全霊を込め、素早く一本一本骨を除いていく。

四半刻《しはんとき》（三十分）足らずですべてを済ませ、ほっと肩の力を抜いた。

母が嬰児《みどりご》を産みおとしたかのごとく、蔵人介はほんの一瞬だけ頰《ほお》を弛《ゆる》める。

あとは、讃岐《さぬき》の和三盆《わさんぼん》がまぶされた饅頭《まんじゆう》やひと折一両もする『鈴木越後《すずきえちご》』の羊《よう》羹《かん》などを毒味して終わりとなる。

蔵人介は相番の桜木に気づかれぬよう、懐中に忍ばせた熊胆《ゆうたん》の削り欠けを舐めた。

苦い。

されど、顔には出さぬ。

一匁《もんめ》で一両と値は張るものの、健胃薬の熊胆だけは手放すことができなかった。最後の甘味が「お次」に運ばれていったのを確かめ、桜木が感嘆の溜息を吐《つ》いた。

「いやはや、あいかわらず、見事なお手並みでござった。矢背どのの骨取りは、何度みても飽きぬ」

噂好きの桜木は、でっぷりと肥えている。役に不向きな外見にもかかわらず、鬼役に携わる期間は蔵人介に次いで長くなった。

「矢背どの、おもしろい教訓譚《たん》をひとつ、ご披露つかまつる。女房の尻を借りて幕《ばく》臣《しん》となった蛍侍《ほたるざむらい》が無茶をやったはなしでござる。その男、浪人身分から藤掛兵《ふじかけひょう》部《ぶ》さま率いる御先手弓組《おさきてゆみぐみ》の組下になり、組下の小者から火盗改《かとうあらため》の同心にまで出世を遂げました。府内に巣くう悪党どもをばっさばっさと斬りわけ、たいそうな手柄も立てた。ところが、こともあろうについ先日、上役である筆頭与力《よりき》に刀を向け、傷を負わせたあげくに出奔《しゅっぽん》をはかったとか」

藤掛兵部と言えば、三年ほどまえに加役《かやく》の火付盗賊改《ひつけとうぞくあらため》役を仰せつかって以来、派手な手柄はあげるものの、苛烈《かれつ》すぎる手法のために世間から評判のよくない人物だった。

「配下の不始末ゆえ、藤掛さまとしてはこの一件を表沙汰にはできぬ。したがって、闇から闇へ葬るべく、内々に動いておられると聞きました」

いったい、誰に聞いたのだ。何でおぬしごときが知っているのだと、蔵人介は叱《しか》りつけたい気持ちを抑え、眉に唾をつける。

桜木は自慢げに喋《しゃべ》りつづけた。

「拙者《せっしゃ》が聞いたかぎりでは、その男、美人と評判の女房を寝取られた腹いせに、悋《りん》気《き》の刃を抜いたらしい。いまだ逃げおおせている様子でござるが、捕まれば切腹は免《まぬか》れますまい。いや、切腹どころか斬首《ざんしゅ》となり、鈴ケ森《すずがもり》のお晒《さら》し台に首を晒されましょう。ぬふっ、美人妻の枕芸で幕臣の地位を得たにもかかわらず、何故、今になって無茶をやらかしたのか。世の中には、損を承知で莫迦《ばか》なまねをする阿呆もおる。そんな一例でござるよ。危うい逢瀬《おうせ》ほど燃える。欲情を掻きたてられると申しますが、他人の女房を寝取ってはいけませぬな。蛍侍の悋気は恐い。くわばら、くわばら」

桜木はそれから半刻（一時間）余り、埒《らち》もない世間話をぐだぐだとつづけた。

宿直《とのい》を勤めた鬼役の退出は、朝餉の毒味御用を済ませたのち、巳《み》ノ刻（午前十時）前後と定まっている。

それは、老中や幕閣の御歴々が城に足を運ぶ頃合いでもあった。

西ノ丸太鼓櫓《やぐら》のほうに耳をかたむければ、登城を促す太鼓の音が聞こえてくる。

――どん、どん、どん。

八朔は東照神君家康《いえやす》公が江戸入りを果たした祝日、参賀のために登城する諸大名や家禄三千石以上の大身旗本たちは、白帷子に長裃《ながかみしも》を着けなければならない。大奥の女官たちも白無垢《しろむく》の打掛《うちかけ》を纏うので、城内はさながら無数の紋白蝶《もんしろちょう》が舞っているかのごとき光景となる。

桜木は去り際、蛍侍のはなしをぶり返した。

「出る杭《くい》は打たれるのが世の倣《なら》い。ふん、どうせ、上役に嵌《は》められたのでござろうよ」

何の関わりもないのに、蔑《さげす》むような口調で男の名を漏らす。

――小暮清志郎《こぐれきよしろう》。

不運な男の名を聞くや、心ノ臓が口から飛びだしかけた。

「矢背どの、まさか、お聞きおぼえはありますまいな」

咄嗟《とっさ》に応じるべきことばが、みつけられない。

曖昧《あいまい》に笑い返す蔵人介は、めずらしくも顔色を失っていた。

二

小暮清志郎とは、何度か剣を交えたことがある。

もう二十五年ほど前、鬼役に就いて間もないころのはなしだ。

真剣での立ちあいではない。木刀による組立《くみたち》の一環で、たがいの技を競いあった。ところは、南八丁堀大富町《おおとみちょう》蜊河岸《あさりがし》の一角に建つ「士学館《しがくかん》」である。当時はまだ神田のお玉が池に北辰一刀《ほくしんいっとう》流を創始した千葉周作《ちばしゅうさく》の「玄武館《げんぶかん》」はなく、九段坂下に神道無念《しんとうむねん》流の看板を掲げた斎藤弥九郎《さいとうやくろう》の「練兵館《れんぺいかん》」も開かれてはいなかった。

今では三つとも江戸有数の道場とされているが、鏡心明智《きょうしんめいち》流を標榜《ひょうぼう》する当時の「士学館」は数多《あまた》ある町道場のひとつでしかなく、二代目の道場主となった桃井《もものい》春蔵直一《しゅんぞうなおかず》の名声もけっして高くはなかった。

むしろ、束脩《そくしゅう》を無料《ただ》同然にすると喧伝《けんでん》し、町人や流れ者などを多く集めたがために、あまり評判は芳《かんば》しくなく、ほかの町道場と頻繁に揉め事を起こしていた。

ちょうどそのころ、蔵人介は虎ノ御門《とらのごもん》江戸見坂上の土岐《とき》屋敷内にある長沼《ながぬま》道場へ通い、直心影《じきしんかげ》流の師範代を負かすほどの力量を修めていた。あるとき師範代から、門弟たちと揉め事を起こした「士学館」の連中を懲《こ》らしめてほしいとの要請を受け、若気《わかげ》の至《いた》りでおもしろそうだと感じ、単身で勇躍、蜊河岸の道場へ乗りこんでいった。

そのとき、壁となって立ちはだかった相手が「士学館」の師範代補佐を任されていた小暮だった。

三日つづけて勝負を挑み、三度とも引き分けた。口惜しかったので、小暮から勝ちを得るべく、剣技にさまざまな工夫を凝らしてみた。ところが、半月ほどあいだを空けて四度目に訪れたとき、小暮は廻国《かいこく》修行に旅立ったあとだった。

以来、会ってはいない。

風貌すら忘れてしまったが、不思議なことに太刀筋《たちすじ》だけはおぼえている。

前触れもなく、ふいに伸びてくる剣先、鋭く振りぬかれる左右の袈裟《けさ》懸《が》け、離れ際に小手《こて》裏を狙った引き小手、さらには、片手持ちの上段から迷いなく打ちおろされる刺《さ》し面《めん》。多彩な技のなかでも、怪鳥《けちょう》のごとく宙に飛んで真っ向から上段の一撃を見舞う「紫電《しでん》」は凄まじかった。

正直、三度とも受けるのがやっとで、力量の差を肌で感じさせられた。

引き分けたことになってはいるものの、真剣で対峙していたら刀下《とうか》の鬼《き》となっていたにちがいない。

再会したい。もう一度、剣を交えてみたい。

小暮が消息を絶ってから数年のあいだは、そんなふうに強く望みつづけた。

だが、積みかさねた年月の長さが、あのときに抱いた口惜しさを風化させていった。

もちろん、同姓同名ということもあるので、桜木の口から漏れた人物が因縁のある小暮清志郎と定まったわけではない。が、おそらく小暮であろうという確信めいた予感はあった。

「まさか、火盗改の同心になっていようとは……」

しかも、小暮は今、とんでもない窮地に陥っている。

救えるものなら救ってやりたい。そんな気持ちもある。

もちろん、救ったことが公儀に知れたら、こちらも無事では済むまい。

上役がどのような人物であれ、斬りつけた事実を消すことはできない。

幕臣としても、分別をわきまえる侍としても、犯してはならぬ罪なのである。

だからといって、放っておくのも忍びない。

「……どうすればよいのか」

みずから踏みこんで関わるべき明確な理由を、蔵人介はみつけあぐねていた。

三

戻り残暑のなか、豆腐屋が辻から辻を経巡《へめぐ》り、嗄《か》れた売り声を発していた。

あれこれ悩みながらも十日が経ち、すだく虫の音も繁《うるさ》くなりつつある。

小暮清志郎のことは頭を離れぬものの、きっかけを失ったまま、敢えて消息を調べてみようともしなかった。

二百十日の野分《のわき》も過ぎて、一朶《いちだ》の雲もないほどに空が晴れわたった日の朝、矢背家では養母の志乃《しの》が音頭を取り、みなで虫聴きに出掛けることとなった。

市ケ谷御納戸町《いちがやおなんどまち》の自邸から遥々《はるばる》やってきたのは、日暮里《にっぽり》のさきの道灌山《どうかんやま》である。

江戸で虫聴きの名所と言えば、日暮里から道灌山の辺りときまっていた。

「さあ、ひと休み。おむすびを食べましょう」

まだ陽の高いうちに道灌山の麓《ふもと》へたどりつき、志乃はさっさと日陰をみつけて座りこんだ。嫁の幸恵《ゆきえ》と面皰《にきび》のめだつ長男の鐵太郎《てつたろう》もかたわらに呼び、一方では女中頭のおせきに命じて、八《や》つ頭《がしら》の煮っころがしなどを詰めたお重《じゅう》を開けさせた。

下男の吾助《ごすけ》も白髪頭を振り、何やかやとおせきを手伝う。

志乃たちは竹筒をかたむけて美味そうに水を呑み、笹の葉をひろげて梅干しの仕込まれた握り飯を手に取った。

「遠出の遊山《ゆさん》は久方ぶりじゃ。のう、幸恵どの」

「仰せのとおり。義母上《ははうえ》、まこと道灌山はよいところにござります」

「日暮れになれば、虫の音も聞こえてこよう。経王寺《きようおうじ》の大黒天《だいこくてん》でも拝みにまいろうかのう」

「それはようござります。延命院《えんめいいん》の七面大明神《しちめんだいみようじん》へも詣で、境内に植わった椎《しい》の大木を拝むのも一興《いつきよう》かと」

「それはよい案じゃ。されど、何よりも忘れてはならぬのが、七面坂《しちめんざか》から眺める夕陽であろう。日暮里という名は夕景の美しさに由来する。夕陽を逃したら、足労《そくろう》した意味がござりませぬぞ」

「義母上、いかにもでござります」

嫁と姑は仲睦《むつ》まじく語らいながら、生娘のようにはしゃいでいる。

そうした様子を、蔵人介は用人《ようにん》の串部六郎太《くしべろくろうた》ともども、少し離れたところから眺めていた。

「腹が減っては、いくさができぬ。さてと、ご相伴《しょうばん》に与《あずか》りますか」

串部はいつもの気軽な口調で言い、横幅のある蟹《かに》のようなからだを揺すって吾助に近づいていった。

鐵太郎はと言えば、難しい顔で黙々と握り飯を頬張《ほおば》っている。

おそらく、頭のなかで大好きな算額の問いでも解いているのだろう。

矢背家は武門に秀でた一家で、志乃は薙刀《なぎなた》の名手で、幸恵も弓を取らせたら海内《かいだい》一と評されたことがあった。当主の蔵人介は田宮《たみや》流の抜刀術を修め、城の内外で幕臣随一の力量と目されている。

血筋からいけば、鐵太郎も武術の才をみせてもよさそうなものだが、周囲の期待とはうらはらに、いっこうに上達の兆しをみせない。むしろ、類《たぐ》い稀《まれ》なる才能の閃《ひらめ》きを感じさせるのは学問のほうで、心もとない灯火のもと、わけのわからぬ算術書や蘭語で書かれた医学書の写しなどを読んでばかりいた。

「困ったものよのう」

近頃、志乃がよく口にする台詞《せりふ》はそれだ。

武術に長《た》けた者でなければ、矢背家を継がせるわけにはいかない。

京の洛北《らくほく》にあって鬼の末裔《まつえい》と称される八瀬《やせ》一族の主筋《しゅうすじ》として、志乃にはどうしても譲ることのできぬ信念があるらしかった。

「わたくしの夫も、蔵人介どのも養子であった。生家の身分は御家人《ごけにん》じゃが、武術の才を見込んで縁を結ばせてもろうた。鐵太郎にその資質がないようなら、養子を迎えるのも吝《やぶさ》かでない。そのこと、心しておくように」

幸恵と鐵太郎の耳には入れていないが、蔵人介はすでに何度か念を押されている。

「鬼役に刀は無用であろうに」

それが偽らざる感想だが、鐵太郎を跡継ぎにし難いとおもう点では、志乃と同じ考えを抱いている。

蔵人介には裏の役目があった。

――悪事不正をおこなう奸臣《かんしん》とこれに与《くみ》する悪党どもを抹殺せよ。

近習《きんじゅ》を束ねる御小姓組番頭《おこしょうぐみばんがしら》の橘右近《たちばなうこん》より、右の密命を課されていた。

先代の信頼《のぶより》より引きついだ役目でもあり、時に応じて命じる人物は代わっても、矢背家の当主たる者が継ぐべき奔命《ほんめい》と、なかばあきらめつつも心得ている。

そのことは、串部以外で知る者はここにいない。ひょっとしたら、志乃は勘づいているのかもしれぬが、少なくとも知らぬふりをしてくれていた。

裏の役目も託さねばならぬとすれば、武術に長けた者でなければつとまらぬ。

ゆえに、蔵人介はいまだ、鐵太郎に表の役目である毒味の作法をきちんと教えていない。

いずれにしろ、そろそろ決断しなければならぬときが近づいていた。

「殿、握り飯をどうぞ」

串部が身を寄せ、いかにも武骨そうな手を差しだしてくる。

蔵人介は手渡された握り飯を頬張り、口をすぼめてみせた。

「うほっ、酸《す》っぱそうでござりますな。いかなる物を食しても、顔色ひとつお変えにならぬ『能面《のうめん》の鬼』などと噂される殿にあられても、大奥さまがお漬けになった梅干しだけは別のご様子」

「余計な口を利くな」

「ほら、またその酸っぱいお顔。されば、拙者も」

串部は握り飯に喰いつくや、左右の頬がくっつくほど口をすぼめた。

「情けない面《つら》だな」

臑《すね》斬りを本旨《ほんし》とする柳剛《りゅうごう》流の練達《れんたつ》とは、とうていおもえない。

「されど、美味《うも》うござる」

串部は太い揉みあげをひくつかせ、残りの飯を口に抛りこんだ。

一方、食事を終えて一段落ついた女たちは、腰をあげようとしている。

蔵人介は眸子を細めた。

志乃が岸壁に気高《けだか》く咲いた鬼百合《おにゆり》だとすれば、幸恵は秋の野面《のづら》で可憐に揺れる撫子《なでしこ》にも喩《たと》えられよう。四角四面の徒目付《かちめつけ》の家から毒味役の家に嫁いできた当初は刺々《とげとげ》しいところもあったし、無理に我を張って疎《うと》まれもした。にもかかわらず、灰汁《あく》の強い姑に揉まれて角《かど》が取れ、今ではすっかり、たおやかなたたずまいになった。人とはずいぶん変わるものだと、あらためておもわずにはいられない。

長い年月をともに暮らし、次第に滋味《じみ》深くなってゆく。夫婦とは庭に根を張った野菜や果実のようなものかもしれないと、蔵人介はおもう。

一行は小高い丘を下り、七草の咲きみだれる庭や藻に覆われた池の畔《ほとり》を通りすぎた。

寺社に繋《つな》がる細道を縫うようにたどり、途中で振りむいて北をのぞめば、遥《はる》か遠くに筑波山《つくばさん》と日光山《にっこうさん》の稜線がみえる。

南面には名刹《めいさつ》が点在しており、大黒天の安置された経王寺や七面大明神を祀《まつ》った延命院へも詣った。日蓮《にちれん》宗の経王寺は近在の豪農によって開基《かいき》され、延命院のほうは第四代将軍家綱《いえつな》公の乳母に因《ちな》む寺らしい。延命院の境内に佇《たたず》む椎の巨木は、まだ色づいていなかった。
夕暮れになり、一行は七面坂の石段までやってきた。
「ほれ、落陽じゃ」
「ほんに、美しゅうござります」
志乃と幸恵は、興奮気味に叫ぶ。
なるほど、果実のごとき夕陽が地表に滑り落ちるさまは「みごと」のひとことで、
蔵人介も西方浄土に向かって両手を合わせたくなった。
落日の名残《なごり》を惜しみつつ、みなでしばらく七面坂の一角に佇んだ。
薄暗くなったので小田原提灯を点《つ》け、足許を照らしながら石段を下りる。
下りきったところには、家康公の茶師が開基した宗林寺《そうりんじ》があった。
このあたりは土地が低く、田圃や古池に囲まれている。
山門を潜《くぐ》って散策すると、志乃が苔生《こけむ》した句碑をみつけた。
「くさのはを　おつるよりとぶ　ほたるかな」
芭蕉《ばしょう》の詠《よ》んだ句だ。
境内の端に流れる藍染《あいぞめ》川の岸辺は「蛍沢」の名称で親しまれていた。
それを知ってか知らずか、志乃が「蛍狩りをやりましょう」と言いだす。

「もう、蛍はおりますまい」

蔵人介が首をかしげると、志乃は自信ありげに胸を張った。

「ご存じないのですか。この辺りには秋の蛍が飛んでいるのですよ」

「秋の蛍でござりますか」

暗いから帰ろうと、意見する者もいない。

ぺしっと、串部が臑を叩いた。

「ふふ、藪蚊《やぶか》に食われたのか」

志乃は楽しげに言い、川の畔へ足をはこぶ。

せせらぎが聞こえてきた。

蔵人介はみなと分かれ、ひとり川岸に下りていった。

童心に返った気分だ。

が、それらしき光はみあたらない。

しばらくのあいだ、めいめいに蛍を探しつづけた。

「あっ、おったぞ」

蒼白《あおじろ》い光が、ぽつんとみえる。

夜風に吹かれて浮遊しながら、光は不規則な動きで遠ざかった。

「源氏蛍《げんじぼたる》だ」

秋の蛍は、どことなく弱々しい。

蔵人介は夢中で追いかける。

振りかえっても、誰ひとり従《つ》いてこない。

それでも、かまわなかった。妖しげな光に誘われ、川縁を奥へ奥へと進んでいく。

しばらく追いかけたが、ぬかるむ足許に気を取られ、ふと目を離した隙に光を見失ってしまった。

——かさっ。

何者かの気配に足を止めた。

——かさかさ、かさっ。

目と鼻のさきに、熊笹を踏む生き物がいる。

大きそうだ。

熊であろうか。

低く身構え、腰の長柄刀《ながつかとう》に手を添える。

黒蠟《こくろう》塗りの鞘《さや》に納まっているのは、腰反りの強い来国次《らいくにつぐ》だ。

抜けば、梨子地《なしじ》の刃に、艶《つや》やかな丁字《ちょうじ》の刃文が浮かびあがる。

長い柄の内側には、八寸の刃も仕込まれていた。
目釘《めくぎ》を弾いて外し、そちらを使うこともできる。
蔵人介は吐きすてた。
「何やつ」
熊ならば、返答はあるまい。
ところが、暗闇から呻《うめ》くような声が漏れた。
「待て。おぬしが抜けば、こっちも抜かねばならぬ。抜けば、おぬしの首は飛ぶ」
凄まじい殺気が膨《ふく》らんだ。
「ぬおっ」
紫電一閃《いっせん》、蒼白い稲光が交叉する。
――きゅいん。
鋼《はがね》と鋼がぶつかり、火花が散った。
ほぼ同時に抜き、刃を交えた瞬間には身を離している。
相当な手練《てだれ》だ。
すでに、気配は闇に溶けこんでいた。
殺気が少しだけ、弱まった気もする。

「驚いたな。もしや、おぬし、矢背蔵人介か」

名指しされ、驚いたのはこちらのほうだ。

「なぜ、わしの名を」

「やはりな。太刀筋をおぼえておったのだ」

闇の狭間から、野良着を着た大柄な男があらわれた。

「あっ、おぬしは……」

蔵人介は、わが目を疑った。

二十五年もむかしの記憶が、唐突に蘇ってくる。

忘れさっていたはずの風貌も、はっきりとおもいだした。

皺《しわ》の数は増え、肌の艶に衰えはめだつものの、それは記憶の片隅に眠っていた男の顔にまちがいない。

「……こ、小暮清志郎か」

「さよう。久方ぶりよのう。生きて再会できるとは、おもうてもみなんだぞ」

蔵人介は頬を抓《つね》ってみた。

蛍火に誘われて、夢のつづきをみさせられているのではないか。

が、どうやら、そうではないらしい。

「おぬし、まだ幕臣なのか。まさか、今も鬼役をつとめておるのではあるまいな」

「そのまさかだ」

「ひょっ、二度驚いた。二十五年余りも、魚の骨取りをしておるのか。ずいぶんご苦労なことだ」

「わしのことより、おぬしはどうしておる」

「このざまさ。腹を空《す》かして江戸じゅうを歩きまわり、この蛍沢へたどりついた。蛍はよい値で売れるからな。ふふ、当座の飯代を稼ぐべく、蛍狩りに勤《いそ》しんでいるというわけよ」

小暮は自嘲《じちよう》するように笑い、足許に置いた虫籠を拾って翳《かざ》す。

一匹の蛍が、尻の光を点滅させていた。

蔵人介が追いかけた源氏蛍であろうか。

「これは、わしだ」

小暮はぽつりとつぶやき、虫籠に顔を近づける。

弱々しくも光を放つ秋の蛍に、みずからの境遇を重ねているのだろうか。

「小暮よ、おぬし」

こんなことをしていてよいのかと言いかけ、蔵人介はことばを呑んだ。

小暮が淋しげに微笑んでみせたからだ。

そのとき、後ろのほうから人の声が聞こえてきた。

「殿、殿はどこにおられる」

串部だ。

小暮はわれに返った。

「連れがおるのか」

「ああ」

「ならば、ここで別れよう」

「待て」

蔵人介は引きとめた。

「おぬしとの勝負は終わっておらぬ」

小暮は大きな背中を向け、振りむかずにこたえた。

「そうであったな。さればまた、会わねばなるまい」

「連絡《つなぎ》はどうつける」

「その気になったら、鈴ヶ森の首番所に来い。源助《げんすけ》という番太《ばんた》の親爺に聞けば、わしの居所はわかる」

「承知した」

「さればな」

小暮は闇に消えた。

入れちがいに、汗だくの串部がやってくる。

「殿、ここにおられたか。みなさまがご案じでござるぞ。ひょっとして、何かござりましたか」

「いいや、何も」

串部にはまだ、黙っていよう。

川のせせらぎが、やけに大きく聞こえてくる。

蔵人介は頭《こうべ》を垂れ、俯《うつむ》き加減に歩きはじめた。

四

翌日、蔵人介は高輪《たかなわ》の縄手《なわて》をたどり、品川《しながわ》宿の南端までやってきた。

海風にざわめく松林のさきに、白波の打ちよせる刑場がある。

——鈴ヶ森。

旅人が足早に通りすぎるその場所は殺伐として、この世に未練を残す者たちの霊魂が彷徨《さまよ》っているかのようだ。

薄曇りの夕空には、鳶《とび》のつがいが旋回していた。

――ぴいひょろろ。

蔵人介は晒し場のそばに粗末な番小屋をみつけ、重い足取りで近づいた。

番太の源助に課された役目は、刑死人の生首を洗って晒すことだという。

小屋を訪ねてみると、みすぼらしい風体の親爺が入口に背を向けて座っていた。

生臭い臭気に顔をしかめつつ、蔵人介は声を掛けてみる。

「源助どのか」

振りむいた男の顔には深い皺が刻まれ、飛びだした大きな目玉は黄色く濁っていた。

鈴ヶ森の刑死人は、年に一千人を超える。何千もの生首を洗ってきた男は、安易に近寄りがたい空気を纏っていた。

「どなたさまで」

「公儀毒味役、矢背蔵人介と申す」

名を告げると、源助は乱杭歯《らんぐいば》を剝《む》いた。

笑ってみせたつもりだろうが、そうはみえない。

地獄の釜の番人に、つぎはおまえの番だと告げられた気分だ。

「小暮の旦那からお聞きしておりやす。旦那の居所をお知りになりてえとか」

「さよう、教えてもらえようか」

「放生会《ほうじようえ》になりゃ、万年橋《まんねんばし》の橋詰めでお会いになれやしょう」

「本所《ほんじよ》の万年橋か」

「へい。そこで放し亀をお売りになるんだとか。旦那の仰《おつしや》ることだから、まちげえありやせん」

「ちっ、蛍のつぎは亀か」

蔵人介が苦笑すると、源助は強い口調でつづけた。

「仕方ありやせん。旦那は追われる身なんだ」

ひとつところにとどまることができず、つねに移動を繰りかえさねばならぬ。万が一のためにと源助だけに居場所を報《しら》せておくのは、火盗改の同心として一線で活躍しはじめたころからの習慣らしい。

「ここは滅多に人の来ねえ首番所だ。あっしをわざわざお訪ねになったお方はご信用できる。そうおもってまず、まちがいねえ。鬼役さまも、小暮の旦那のご事情はご存じなのでやしょう」

「噂には聞いた。上役の筆頭与力を斬って出奔したとか」

「てえした傷は負ってねえようだ。ここだけのはなし、その筆頭与力ってのが、ひでえ野郎でね。あっしに言わせりゃ、ありゃ人の屑《くず》でさあ」

筆頭与力の名は、等々力甚内《とどろきじんない》という。

蔵人介が調べたかぎりでも、悪い噂の絶えない人物だった。

手柄をあげるためなら手段を選ばず、対峙した盗賊や無頼の輩《やから》はその場で躊躇《ちゅうちょ》なく斬りすてる。罪人と疑わしき者には厳しい責め苦を与え、なかにはあきらかに濡《ぬ》れ衣《ぎぬ》を着せられた者もあった。

火盗改は先手組本来の役目でなく、風紀の紊乱《びんらん》が目に余るときに課され、今は三十組近くある先手組のなかから四組だけが担っている。等々力は虎ノ御門外に役宅を構える藤掛兵部の右腕として、与力八騎と同心約四十人を束ねていた。

もっとも、ほかの三組についても、役目にのぞむ苛烈さは藤掛組に劣らない。

火盗改の役人ならば、誰もが多かれ少なかれ、酷《ひど》い仕打ちをおこなっている。

市井《しせい》の人々からどれだけ酷評されても、強固な態度でのぞまねば重罪は減らない。

したがって、行きすぎたやり方であっても上の連中は目を瞑《つぶ》らねばならず、安易に役目替えはできなかった。

そうした事情を考えれば、等々力を糾弾するのは難しかろう。

源助は顔を近づけ、探るようにみつめてくる。

「濡れ衣を着せられて命を落とした連中は、あっしが知っているだけでも十指に余りやす。可哀相な連中が首を晒されるたび、欠かさず拝みに来られるお役人がひとりだけおられた」

それが小暮清志郎だった。出会いは三年前に遡《さかのぼ》るという。

「泣く子も黙る火盗改にも、ずいぶん情のわかるおひとがあるもんだって、正直、驚かされやしたよ。不浄なお役を仰せつかるあっしなんぞにも、小暮の旦那は気軽にお声を掛けてくださった。『いつも難儀を掛けてすまぬ』と、頭を下げられたんだ。震えるほど感激しちまってね、このひとのお役に立つことなら何だってやろう。そう、心に決めたんでさあ」

源助ならば、小暮の歩んできた道程を知っているのかもしれない。

是非とも聞いてみたい衝動に駆られたが、そのまえに、小暮がやった信じがたい出来事の経緯《いきさつ》を聞いておかねばなるまい。

「等々力甚内のやつは最初から、おまんさまを狙っていやがったんだ」

「おまんさま」

「旦那のご新造《しんぞ》でさあ」

等々力は小暮の留守をみはからって、妻女のおまんを馴染みの料理屋へ呼びつけ、亭主を小頭《こがしら》に昇進させてやると持ちかけた。そして、おまんをなかば強引に褥《しとね》へ誘い、散々にいたぶったのだという。

おまんは昇進話を信じて等々力のもとへ通いつづけ、小暮本人から昇進の内示を受けたと聞いた翌晩、組屋敷からふっつりすがたを消した。

「あっしがおもうに、おまんさまは嘘を貫きとおすことができなかったにちげえねえ。旦那に自分の犯しちまった罪を告げ、潔く身を引いたんでやすよ。あっしとしちゃ、おまんさまの行方を捜してえのは山々だが、余計なことはするなと、旦那に釘を刺されやしてね」

そう言えば、小暮は虫籠に捕らえた源氏蛍を「これは、わしだ」と漏らしていた。

「小暮の旦那は『おまんのおかげで幕臣になることができた』と、涙ながらに仰いやした。藤掛組に身を置いてからそのことを知り、二度と莫迦なまねはしないと約束させたそうです。おまんさまは、旦那との約束を破っちまった。でも、あっしに言わせりゃ、旦那を心から慕っておられるがゆえに、やっちまったことだ。何も好きこのんで、等々力甚内に抱かれたわけじゃねえ。あっしは、おまんさまのことも よく存じておりやす。旦那に使いを頼まれて、組屋敷に足をはこんだことが何度か ありやしてね。二十二の若さにしちゃ、しっかりしたおひとだった」

源助は喋りすぎたとおもったのか、むっつり口を噤《つぐ》んだ。

わからぬ。おまんという女房はなぜ、心から夫を慕っていながら、別の男に身を 捧げてまで夫を出世させようとおもったのか。

そもそも、ふたりはどうやって出会ったのだろうか。

そのあたりを尋ねてみたかったが、蔵人介はさきを促すふうでもなく、静かに待 ちつづけた。

沈黙に耐えかねたように、源助はぼそぼそ語りはじめる。

「矢背さまは二十五年余りも、公方さまのお毒味役を務めていなさると聞きやした。 小暮の旦那が嬉しそうにはなしてくれやしてね、お若いころに道場で鎬《しのぎ》を削った お仲間なのだとか。矢背さまのことをおはなしする旦那は、いつもとは別人のよう でやした。あれほど楽しそうな旦那は、みたことがありやせん」

意外だった。小暮は二十五年も前のことを、鮮明におぼえていてくれたのだ。

源助によれば、おまんは大坂新地《おおさかしんち》で春をひさぐ女郎《じょろう》であったという。安芸《あき》国の在《ざい》の貧しい百姓家に生まれ、十三で女衒《ぜげん》に売られたのだ。身を売って命を繋ぎ、十七になったころ、女郎屋の用心棒をしていた小暮清志郎と親しくなった。そして、野分の吹きあれる五年前のとある晩、ふたりで手に手を取って足抜けをしでかした。

「足抜けか」

「へい」

小暮からそのはなしを聞いたとき、源助は因縁めいたものを感じずにはいられなかった。

「わてはこうみえても、大坂生まれの大坂育ちでおます。向こうにおるころは親の家業を継いで、乗合船の船頭をやっておりましたんや」

息子とふたり、淀川《よどがわ》を行き来する三十石船《さんじっこくぶね》の棹を操っていた。ところが、たったひとりの息子は地廻《じまわ》りのやらかした喧嘩沙汰にまきこまれ、呆気《あっけ》なく命を落とした。

「てへへ、上方訛《かみがたなま》りも忘れるほど、むかしのはなしでごぜえやすよ」

源助は大坂で暮らすのが嫌になり、樽廻船《たるかいせん》に潜りこんで江戸へ下ってきた。帳外者《がいもの》なので、まともな職には就けない。人殺しと盗み以外は食うために何でもやったが、十年ほどまえから縁あって鈴ヶ森の首番に落ちついたのだという。

「小暮の旦那とおまんさまも、新地の闇から抜けだしてきた。他人事《ひとごと》じゃねえとおもいやしてね」

親子ほど年の離れた男と女は追っ手を振りきり、何とか江戸へ逃げのびてきた。そして、二年ほど麻布市兵衛町《あざぶいちべえちよう》の貧乏長屋に身を潜め、虫籠作りなどをしながら生活を立てていたが、あるとき、ふたりのもとへ夢のようなはなしが舞いこんできた。

「おまんさまが足繁く通っていた『備前屋《びぜん》』という質屋の伝手《つて》で、藤掛さまの組下同心に推挙してもらえることになったんでやすよ」

今から三年前の出来事だった。

先手弓組の藤掛兵部が加役の火盗改を拝命されるにあたり、腕の立つ侍を新たに抱えるべく、方々に声を掛けているとのはなしだった。おまんに声を掛けた備前屋庄兵衛《しようべえ》は刀剣などの骨董品も扱っており、刀剣好きの藤掛とは懇意の間柄だったので、口利きも通りやすかったらしい。

小暮としては、必死に売りこむしかない。虎ノ御門外の役宅へおもむいてみると、百人余りの浪人たちが集まっており、木刀の組立による申しあいで上位数名が組下に抱えられるものと告げられた。

小暮は無類の強さをみせつけて勝ちつづけ、文句無しに組下お抱えとなった。

ところが、夢にまでみた幕臣の地位を得て意気揚々と組屋敷に移った直後、周囲に妙な噂が立ちはじめる。

――女房の尻で禄を得た蛍侍。

と、陰口を叩かれるようになったのだ。

小暮はおまんを責め、知りたくもない真相を知った。

おまんは色好みの質屋に口説《くど》かれて褥をともにし、藤掛兵部に口利きをしてもらっていた。口惜しいことに、剣の腕を見込まれたのではなく、おまんの枕技で組下お抱えになったのだ。

おまんは泣いて謝り、二度と莫迦なまねはしないと約束した。せっかく摑《つか》んだ幕臣の地位を捨ててくれるなと懇願され、小暮は悩んだすえにすべてを忘れることを決め、それからの三年間、脇目も振らずに過酷な役目をまっとうしてきた。

ところが、不幸は繰りかえす。

先月の終わりころ、小暮は上役の等々力甚内から小頭への昇進を内示された。嬉しかったが、昇進に見合うだけのはたらきはしてきたつもりなので、当然のことと受けとめた。まさか、おまんが昇進に関わっているとは知らなかった。

「小暮の旦那は『ぜったいに許さぬ』と仰り、万が一おまんさまが訪ねてきても小屋に入れるなとご命じになりやした。あっしは悲しかった。よかれとおもってやったことが仇《あだ》になったんだ。なるほど、小暮の旦那は二度も赤っ恥を掻かされた。おまんさまがやったことは、世間の常識に照らせばまちがっていたにちげえねえ。でも、あっしにゃわかる。おまんさまが旦那に捧げたまことは嘘じゃねえ。一途《いちず》な気持ちが、ああさせたにきまっている。親に売られて苦労した娘じゃなきゃ、あそこまでの覚悟はできねえ」

昇進の内示があってから数日後、小暮は等々力に呼びだされ、唐突に昇進話は無くなったと告げられた。と同時に、組下に居つづけたかったら、妻のおまんを離縁し、妾《めかけ》に差しだせと迫られた。

小暮はおまんのやったことを許せなかった。

等々力に言われると同時に刀を抜き、額《ひたい》めがけて斬りつけていた。

それが由々《ゆゆ》しい出来事の顚末《てんまつ》である。

「一刀で等々力を仕留めることができなんだと、旦那は口惜しがっておられやした」

「なるほど」

事情はわかった。

「源助、よくぞはなしてくれたな」

「鬼役さまなら、旦那を救ってもらえるんじゃねえかと、そうおもったんでさあ。ほかに頼るお方もおりやせん」

小暮が江戸から離れられぬのは、等々力甚内に引導《いんどう》を渡すためなのだろう。それともうひとつ、行方知れずとなったおまんに未練があるからではないのか。

「あっしも、そうおもいやした。だから、おまんさまをお捜しするのをお手伝いしてえと申しあげたんだ。旦那は首を横に振られた。『江戸に留《とど》まっている理由は別にある。おまんに未練があるからでも、等々力に引導を渡すためでもない。闇に隠れた悪事をあばき、真の悪党を成敗《せいばい》するためだ』と、旦那は仰いやした」

——闇に隠れた悪事。

いったい、それは何なのだ。

「『命が惜しけりゃ、それ以上は聞くな』とも仰いやした」

「さようか」

本人に糾《ただ》してみるしかあるまい。

だが、放生会までは三日もある。

「焦《じ》れってえはなしで」

蔵人介の気持ちを察したように、源助は吐きすてた。

小屋の外から唐突に、恐ろしげな風音が聞こえてきた。

「あれは」

「浮かばれねえ連中が哭《な》いているのでごぜえやしょう」

「おぬし、恐くはないのか」

「へへ、あっしにしてみりゃ、子守歌みてえなもんでさあ。息子が逝《い》っちまったときの恐ろしさにくらべりゃ、何ほどのこともねえ」

「万が一、小暮の妻女が小屋にすがたをみせたら、訪ねてほしいと言付《ことづ》けを頼む」

蔵人介は、源助に市ヶ谷御納戸町の居所を教えた。

外に一歩踏みだすと、あたりはとっぷり暮れている。

松並木は風に揺れ、寄せては返す白波が牙のように閃いていた。

暗闇に浮かぶ晒し台には、罪人の首がひとつだけ晒されている。

烏《からす》にでも突っつかれたのか、眸子はすでに刳《く》りぬかれていた。

何とも、凄まじい光景だ。

蔵人介はしばし佇み、阿弥陀《あみだ》経を唱えずにはいられなかった。

五

三日後、十五日朝。

蔵人介は串部をともない、本所の万年橋までやってきた。

眼前には大川《おおかわ》が滔々《とうとう》と流れ、対岸の中洲に目を向ければ彼方に富士の霊峰をのぞむことができる。

万年橋は小名木川《おなぎがわ》が大川へと注ぐ河口に架かっていた。

小名木川は深川《ふかがわ》と本所を南北に分ける堀川で、一里十丁さきにある川関所の中川《なかがわ》御番所《ごばんしょ》から緩やかに流れてくる。そもそもは、行徳《ぎょうとく》辺りの塩田で採れた塩を運ぶために掘削された。

万年という名にあやかって、橋詰めには亀売りが露店を並べている。

木枠に横棒を通し、紐で縛った亀を吊してあるだけ。いずれも簡素な佇まいだ。

「放し亀、一日宙を泳いでる」

串部は流行の川柳を口ずさみ、さっそく亀を二匹買いもとめる。

「食うでもなく、飼うでもなく、川に放つためだけに亀を買う。考えてみれば、妙なものでござりますな」

首を捻《ひね》る串部に向かって、蔵人介は片頬で笑いかけた。

「生き物を救って功徳《くどく》を得たければ、身銭を切らねばならぬ。無料《ただ》で願い事が叶《かな》うとおもったら大まちがいだ」

「亀売りが賽銭《さいせん》箱にみえ申す」

鈴ヶ森を訪ねて以来、蔵人介はときを無駄に費やしていたわけではない。

腹心の串部六郎太に事情をはなし、藤掛組の内情を探らせていた。

「組下の連中は小暮清志郎の行方を必死に捜しております」

無論、同心が筆頭与力に斬りつけて出奔するなどとは前代未聞の出来事、組の恥を晒すことにもなるゆえ、表沙汰にはせぬようにとの箝口令《かんこうれい》が敷かれている。

「されど、同心や小者のなかには、酒を呑ませれば口のまわりが滑らかになる者もござります」

串部はそうした輩をみつけ、酒場に誘って根掘り葉掘り内情を聞きだした。

蔵人介は糾す。

「頭の藤掛兵部さまは、一連の経緯《いきさつ》をご存じなのであろうか」

「ご存じでなければ、五十を超える捕り方は動員できますまい。ただ、あくまでも指揮を執《と》っておるのは、筆頭与力の等々力甚内でござる」

串部は虎ノ御門外の役宅を張りこみ、等々力の風貌をおのが目で確かめてきた。

「左鬢《びん》の下に、遠目でもはっきりわかるほどの傷痕《きずあと》がござりました」

おそらく、小暮に斬られた傷であろう。

等々力も小暮と同じ鏡心明智流の免状持ちで、藤掛組きっての練達だという。

「どうりで、浅傷《あさで》しか負わせられなかったわけだ」

蔵人介は串部に命じて、消息を絶ったおまんの行方も追わせていたが、そちらのほうは端緒《たんしょ》すら摑めていなかった。

橋詰めは大勢の人で溢《あふ》れている。

露店で売られているのは、亀だけではない。

小鳥や鰻《うなぎ》なども売っていた。

桶《おけ》のなかでくねる鰻は痩せて細く、食うにはまだ早すぎる。

客に子連れがめだつのは、放生会が生き物のたいせつさを学ばせる年中行事でもあるからだ。

蔵人介は露店を素見《ひやか》してまわり、小暮のすがたを捜した。

真っ黒に日焼けした売り手のなかに、それらしき者はいない。

「困りましたな。首洗いの親爺が嘘を吐いたのでござろうか」

「まさか、それはあるまい」

小暮に来られぬ事情でも生じたのであろう。

「くそっ、なぜおらぬ」

串部に毒づかれ、亀は首を引っこめた。

蔵人介も苛立《いらだ》ちを隠せぬまま、人の流れにしたがって万年橋を渡りはじめる。

「退《ど》け、退かぬか」

荒っぽい声がした。

橋向こうから、物々しい物腰の連中がやってくる。

「火盗改だ」

と、誰かが叫んだ。

通行人たちはみな、橋の左右に身を寄せる。

役人から怒声を浴び、恐がって泣きだす幼子もあった。

槍を担いだ小者もふくめれば、捕り方は二十を超えていよう。

しかつめらしい一団を率いるのは、堂々とした体軀《たいく》の月代侍《さかやきざむらい》だ。

灰色にくすんだ左の頰に、長さ五寸におよぶ生々しい傷痕がある。

串部が仰《の》けぞった。

「殿、あれを」

「ふむ」

藤掛組の筆頭与力、等々力甚内にまちがいない。

年齢は四十を少し超えたあたりか。

猛禽《もうきん》のように鋭い目つきだ。

狙われた獲物は身震いするにきまっている。

もちろん、獲物が小暮清志郎であることは言うまでもない。

それにしても、なぜ、等々力は万年橋にあらわれたのだろうか。

「まさか、源助が……」

いや、それはなかろう。たとい、小暮との繋がりを疑われたとしても、源助は口を割るような男ではない。

いずれにしろ、捜索の網は確実に狭まっている。

街道筋の要所にも手配書などが配られていることだろう。

蔵人介と串部は橋詰めまで戻り、露店の陰に控えて捕り方の一団をやり過ごそうとした。

今にも一団が通過しかけたとき、等々力がふと足を止め、こちらに首を捻った。血走った眸子で睨《ね》めつけられても、蔵人介は平然と会釈をしてみせる。

等々力は「ふん」と鼻を鳴らし、大袈裟に袖をひるがえした。

「あの野郎、いけすかねえ」

串部の悪態を聞き流し、蔵人介は等々力の背中を見送った。

目を釘付けにされたのは、尻に突きでた刀の華美《かび》な拵《こしら》えである。

「反りも長さもある蛭巻塗《ひるまきぬ》りの朱鞘《しゅざや》に、茗荷《みょうが》結びの金下緒《きんさげお》。柄はたしか、立鼓《りゅうご》の蛇腹《じゃばら》巻きのようであったが」

「いかにも、殿の仰るとおり。あれは大名並みの拵えでござりますぞ」

蔵人介は腕を組み、じっと考えこむ。

「源助によれば、小暮の妻女おまんは馴染みの質屋に言いよられ、亭主を幕臣にするために泣く泣く言いなりになったという」

「褥に誘った阿漕《あこぎ》な質屋は備前屋庄兵衛にござる。質屋というよりも、骨董の商いで名の知られた男のようで」

串部の調べたかぎりでも、備前屋の客は豪商から大名旗本にまでおよび、ことに刀剣の商いでは江戸で知らぬ者がいないほどの男らしかった。

「噂によれば、刀剣好きの藤掛兵部は、備前屋から『日光一文字』を譲りうけたとか」

「まさか。『日光一文字』と申せば、黒田《くろだ》家伝来の宝刀ではないか」

「さようでござる」

そもそもは日光二荒山《ふたらさん》に奉納され、小田原城主だった北条早雲《ほうじょうそううん》が譲りうけて家宝としたが、豊臣秀吉《とよとみひでよし》による小田原城攻めの折、和睦《わぼく》を取りきめた軍師黒田官兵衛《かんべえ》に贈られた。

本身は「丁子乱れの刃文に艶やかな匂い出来」と賞賛され、福岡《ふくおか》一文字派と呼ばれる名工たちの打った名刀のなかでも最上の大業物《おおわざもの》との呼び声が高く、剣術をたしなむ者にとっては垂涎《すいぜん》のひと振りにほかならない。

『日光一文字』の真贋《しんがん》を確かめるだけでも、備前屋に会う価値はありそうだ。

いずれにしろ、藤掛兵部が右腕と恃《たの》む等々力甚内のもとにも名刀がもたらされた公算は大きい。

無論、高額な品だけに、火盗改の与力が買いもとめることはできまい。

見返りを期待しての贈答品ではあるまいかと、蔵人介は睨《にら》んだ。

「悪事の臭いが、ぷんぷんいたしますな」

串部も言うとおり、備前屋は何らかの悪事に関わっているような気がする。

ひょっとしたら、藤掛と等々力も悪事に無縁ではないのかもしれない。

それに、小暮が備前屋を放っておく理由もよくわからなかった。

まっさきに狙うとしたら、妻を誑《たぶら》かした商人の命なのではあるまいか。

「備前屋に尋ねてみねばなりませぬな」

「ふむ」

「されど、どういたします。相手は海千山千の骨董商、正面から踏みこんでも門前払いを食うのが関の山にござりましょう」

「串部、おぬしにちと使いを頼みたい」

「えっ」

「御納戸町の家に戻り、仏間の長押《なげし》から『国綱《くにつな》』を拝借してまいれ」

「げっ。それだけは堪忍《かんにん》してくだされ」

「できぬと申すのか」

「『鬼斬《おにき》り』の異名をもつ『国綱』は、御家のお宝にござりましょう。ご先祖が天子様から賜《たまわ》った薙刀とも聞いております。大奥さまに知られたら、お叱り程度では済みませせぬぞ」

「それこそ、あの『国綱』で首を飛ばされるかもな」

「何を笑っておられる。拙者はまだ死にとうありません」

狼狽《うろた》える串部の様子が、蔵人介にはおかしくてたまらない。

「養母上《ははうえ》は夕刻までお戻りにならぬ。幸恵をともなって、深川の八幡祭りにお出掛けになると仰ったからな」

「されど、みつかったら命はありませぬぞ」

「養母上が、さほどに恐いか」

「化け物のつぎに、いや、化け物より恐いかもしれませぬ」

「ふっ、わしもじゃ」

ふたりは人混みから抜けだし、川縁に足を向けた。

人の手で放たれた何十匹という亀が水面から顔を差しだし、河口のほうへ流されていく。

小暮ならば「あの亀になりたい」とでも漏らすのだろうか。

蔵人介は串部から亀を一匹手渡された。

甲羅に結ばれた紐を解き、川縁にそっと放してやる。

亀は少し戸惑うように進み、水に浸かると嬉しそうに泳ぎだした。

「どこへなりとでも泳いでいけ」
蔵人介はもう一度、橋の周辺を眺めまわした。
やはり、小暮はいない。
できれば、おまんと再会させてやりたかった。
ふたりで手に手を取りあい、誰も知らぬ地へ逃げのびてほしい。
川面に揺れる亀の甲羅が、陽光を浴びて煌《きら》めいている。
子どもたちの歓声は、耳に聞こえてこない。
小暮よ、無事でいてくれ。
蔵人介は胸につぶやいた。

六

狡賢《ずるがしこ》い骨董商の店は、小暮とおまんが二年ほど暮らした麻布市兵衛町にあった。
溜池《ためいけ》の南端から藤掛兵部の役宅がある霊南坂を下り、中小の大名屋敷を左右に眺めながら西の谷間に向かうと、猥雑《わいざつ》な一角に迷いこむ。寺の門前町に裏通りの岡場所、小役人の組屋敷から貧乏人の暮らす棟割《むねわり》長屋まで、ごった煮の鍋に投げこんだような町のなかに、飛びぬけて間口の広い店をみつけた。

裏口へと通じる庇《ひさし》には、束になった質札がぶらさがっている。金に困った貧乏人たちは、脇道からこそこそと裏口へまわるのだろう。しかし、表の屋根看板に金文字で『骨董備前屋』とあるように、名が通っているのは骨董商のほうで、店の内外には年代物の壺やら武具やら掛け軸やらが所狭しと置かれていた。

おまんは人目を忍び、質草を抱いて何度も訪れたにちがいない。

哀れな光景を想像すると、胸がちくちく痛んだ。

耐えがたい困窮のなか、金持ちに甘い台詞を囁かれたら、みずからを見失ってしまうこともあり得よう。おまんを非難することはできない。好きな男のために、好きでもない男に抱かれる。それが女にとってどれほど辛いことか、察してやるべきなのだ。

小暮はおまんを許さぬという。源助によれば、侍として恥を掻かされたと憤っているらしい。

無論、女房を許してやれと、小暮を諭すことはできない。

もっとも、諭す必要などあるまいと、蔵人介はおもった。

他人が余計な世話を焼かずとも、ふたりは奥深いところで繋がっている。

再会さえできれば、きっと許しあえるにちがいない。

今はそうなってくれることを静かに期待するしかなかった。

刻限は八つ刻《やどき》（午後二時）を少しまわったばかりだ。

さきほどまでの晴天が嘘のように、空は灰色の雲に覆われつつある。

矢背家の女たちは月の出を案じつつ、深川八幡宮から家路についたころだろう。

毎年、葉月《はづき》十五日に中秋《ちゅうしゅう》の名月《めいげつ》を拝むことができるとはかぎらない。それでも、人々はわざわざ買いもとめた薄《すすき》を花瓶に挿し、三方《さんぼう》には団子や芋を添えて月見の宴を張る。蛤《はまぐり》を月に捧げて願い事をつぶやき、鯖《さば》の煮付けやひしこのぬたなどを肴に夜更けまで酒盛りをするのだ。

志乃と幸恵も朝未きに起きて宴の仕度を整え、今宵の満月を楽しみにしていた。

都合よく八幡詣でに出掛けてくれたおかげで、蔵人介は家を留守にできたのだ。

せっかくの月見に帰らぬと知った途端、志乃の頭には角《つの》が生えてくるにちがいない。ましてや、家宝の国綱が無いとわかれば、般若《はんにゃ》の形相《ぎょうそう》で騒ぎたてるにきまっている。

蔵人介は、そうなったときの言い訳を用意していなかった。

「遅いな」

待てど暮らせど、串部はあらわれない。

備前屋のまえで足を止める者は何人かあったが、いずれも素見《ひやか》しの客で、主人は奥の暗がりから顔を出そうともしなかった。

あきらめて踵《きびす》を返しかけたとき、串部が坂道をえっちらおっちら駆けおりてきた。

「やっと来たな」

真っ赤な顔で汗みずくになり、肩には黒漆塗りの穂鞘に包まれた薙刀を担いでいる。

「殿、遅くなって申しわけござりませぬ。溜池のそばで町方同心に誰何《すいか》されましてな。そやつめ、拙者が荒事《あらごと》に参じるものと勘違いしたらしく、薙刀を質草にするのだとこたえても信じてくれませぬ。埒が明かぬので、頭上で国綱をぶんまわし、相手が怯《ひる》んだところで逃げてまいりました」

「ぶんまわして、どうであった」

「重うござりました。大奥さまがいつもなさるように、片手で柳の枝のごとく振りまわすことなどできませぬ。やはり、鬼の血を引かれるお方にはかなわぬと、あらためておもいしらされた次第で」

「さようか。ま、従《つ》いてまいれ」

「はっ」

蔵人介は薙刀を手に提《さ》げた串部をしたがえ、備前屋の敷居をまたいだ。

「たのもう。主人はおらぬか」

腹の底から声を張りあげると、蟋蟀《こおろぎ》に似た貧相な顔の男があらわれた。

「何かご用で」

この男が小暮の妻女を誑《たぶら》かしたのだとおもうと、むかっ腹が立ってくる。

だが、蔵人介は平静を装った。

「主人か」

「へえ。手前が備前屋庄兵衛にござります」

蟋蟀はそう言い、串部の提げた薙刀に目を移す。

「ほう、そちらをお売りに」

「売るかどうかは、おぬしの気持ちひとつさ」

無論、気持ちとは買値のことだ。

「ふふ、仰るとおりにござります。ささ、奥へどうぞ」

さすがに目利きだけあって、国綱の価値を即座に見破ったらしい。

武具の狭間を擦《す》りぬけると帳場があり、蔵人介は板間に招《しょう》じられた。

「されば、邪魔するとしよう」

串部ともども、並べられた丸莫蓙《まるござ》に尻を降ろす。

「出涸《でが》らしにござりますが」

差しだされた番茶は、ほんとうに出涸らしだった。

備前屋は薙刀のみならず、蔵人介が腰から鞘ごと抜いた刀にも目を吸いよせる。

「そちらも業物にござりますな」

「来国次だ」

「ほほう、それはそれは。本身を拝見させてもらえませぬか」

「これは売らぬ。売らぬ刀をみせる気はない」

「仰せのとおりにござります。無礼をお許しくださりませ」

「よかろう」

「されば、そちらの薙刀を拝見」

「ふむ」

備前屋は串部から国綱を手渡され、慎重に穂鞘を外す。

刹那《せつな》、帳場の周囲に眩《まばゆ》い光が放たれた。

ごくりと、備前屋は唾を呑みこむ。

舐めるように刀身を眺め、掠《かす》れた声を発した。

「銘を確かめても、よろしゅうござりますか」

「かまわぬ」

備前屋はうなずき、手慣れた仕種《しぐさ》でけら首から刀身を外す。

長い茎《なかご》に鑽《き》られた銘を口のなかでつぶやき、祈るように眸子を閉じた。

そして豁然《かつぜん》と眸子を開くや、胸を張って立て板に水のごとく喋りだす。

「銘に『国綱』とござります。後鳥羽《ごとば》天皇の御番鍛冶《ごばんかじ》をつとめた山城《やましろ》国粟田口《あわたぐち》の刀工、左近将監《さこんのしようげん》国綱の打ち物とお見受けしました。されど、信じがたい。国綱は天下五剣のひと振りでもある『鬼丸』を作刀した名工にござります。これが本物の国綱ならば、京の御所に宝物として飾られてもおかしくないほどの代物《しろもの》。失礼ながら、質草に持ちこむようなご身分のお方のお持ち物とはおもえませぬ」

「ふん、言いたいことを抜かすやつだな。おぬしもこの道を究めた者ならば『鬼斬り国綱』は存じておろう」

備前屋は、じっくりうなずいた。

「無論にござります」

「ほう、知っておるのか」

「はい。『鬼斬り国綱』は天子様より、洛北《らくほく》のとある族《うから》に下賜された薙刀と聞いております」

「とある族とは」

「八瀬《やせ》の一族にございます」

備前屋は膝を躙《にじ》りよせ、声を一段と落とす。

「八瀬童子とも称される族は脚力に優れ、そもそもは閻魔《えんま》大王の輿《こし》を担いであの世とこの世を行き来しておったという言いつたえがございます。つまりは閻魔大王に使役された鬼の末裔《まつえい》にほかならず、不動《ふどう》明王の左右に侍《はべ》る『せいたか童子《どうじ》』と『こんがら童子』の子孫であるとも伝えられております」

「ほほう」

おもしろそうなので、はなしのさきを促す。

備前屋は何かに憑《つ》かれたような目でつづけた。

「八瀬の民は鬼の末裔であることを誇り、鬼を祀ることでも知られております。集落を囲む山の一角には鬼洞《おにがほら》という洞窟があり、そこには都を逐《お》われて大江山《おおえやま》に移りすんだ酒呑《しゅてん》童子が祀られているとも聞きました」

村人たちは周囲からの弾圧を免れるために鬼の子孫であることを公言せず、境界を接する比叡山《ひえいざん》に隷属《れいぞく》する寄人《よりうど》となり、延暦寺《えんりやくじ》の座主《ざす》や高僧は無論のこと、皇族の輿をも担ぐ力者《りきしや》に任じられた。

「戦国の御代《みよ》には、禁裏《きんり》の間諜《かんちよう》となって暗躍したとも伝えられております。『天子様の影法師《かげぼうし》』と囁かれ、かの織田信長《おだのぶなが》公でさえも闇の族《うから》の底知れぬ力に懼《おそ》れをなしたとか。『鬼斬り国綱』は八瀬一族の首長となる家に代々受け継がれているらしく、容易にお目に掛かることはできませぬ。何でも首長の家は女系で、丈七尺の女主人が『国綱』を振るう勇姿は、首塚に眠る平将門《たいらのまさかど》の心胆をも寒からしめるものだとか。ふっ、いかがにござりましょう。これだけの逸話を背景に持つ薙刀が、質草として手前なんぞのもとに持ちこまれるはずは万にひとつもござりますまい。この際、はっきり申しあげましょう。この薙刀は贋作《がんさく》にござる」

「くふふ、よう言うてくれたわ。備前屋、わしの姓名を聞いて腰を抜かすなよ」

「えっ」

「矢背蔵人介、それがわしの姓名じゃ。千代田城の本丸で鬼役をつとめておる。わが養母《はは》はな、おぬしの申す鬼の末裔にほかならぬ。ふっ、この国綱で悪党の首を刈ることはできようがな、養母の丈は七尺もないぞ」

「……や、矢背蔵人介さま……そ、それは、まことにござりますか」

あきらかに、備前屋は狼狽えていた。狼狽えつつも、頭のなかで懸命に算盤《そろばん》を弾いている。

その様子を楽しげに眺めつつ、蔵人介は罠《わな》を仕掛けた。

「ほかの骨董屋に値をつけさせたら、垂涎《すいぜん》の面持《おもも》ちで五百両はくだらぬと申した。されど、まことに欲しい客ならば倍の一千両は出すかもしれぬとも聞いてな。それゆえ、良い客を摑んでおるおぬしのもとを訪ねたというわけだ」

「はあ」

「火盗改の藤掛兵部さまは存じておろう。あのお方の刀剣好きは、幕臣のあいだではよう知られておる。藤掛さまならば、この国綱に一千両をご投じになるやもしれぬぞ」

「まかりまちがっても、それはござりますまい」

「ほう、なぜわかる。藤掛さまはおぬしから、途方もない逸品をお求めになったという噂を聞いたぞ」

「途方もない逸品とは、何でござりましょう」

「『日光一文字』だ」

「ぷっ、ご冗談を。あのお品は売らせていただいたのではありませぬ。お贈り申しあげたのでござります」

備前屋はうっかり、口を滑らせた。

蔵人介は身を乗りだし、たたみかける。

「おぬしが贈った刀、そっちこそ贋作であろう」

「……な、何を仰います」

「『日光一文字』は黒田家の家宝。そもそもは日光の二荒山に奉納された神剣であったと聞いておる」

「お待ちを。二荒山に奉納された刀は、影打《かげう》ちにござります」

「なにっ、影打ちだと」

「はい」

御所や徳の高い神社に納める御剣は対《つい》のふた振りを打ち、どちらか一方を奉納し、別のひと振りは茎《なかご》に銘を鏨《き》らず、刀工の手許に残される。残された刀を「影打ち」と称するらしい。

「黒田さまご所有の『日光一文字』は無銘、手前が手に入れた『日光一文字』の茎には『一』の銘がござりました。よって、黒田さまのお刀が影打ちにござります。

本来であれば、銘のあるほうが奉納されねばなりませぬ」

つまり、二荒山に奉納された刀は影打ちで、銘のある刀は刀工のもとに残された。

「理由はわかりませぬ。どうした運命のいたずらか、奉納されるべき刀がめぐりめぐって手前のもとにまいった。それを、藤掛さまにお贈りしたのでござります」

「何故、さような神剣を火盗改ごときにくれてやったのだ」

「藤掛さまが是非にと、お望みになりました。火盗改ごときと申しますが、藤掛さまは手前どもにとって閻魔大王のごときお方、目をつけられたらこの商売をつづけられませせぬ」

「つまり、目こぼしを受けるために神剣を贈ったと申すのか」

「お願いいたします。ここだけのおはなしにしてくださりまし」

備前屋は両手をつき、床に額を擦《こす》りつける。

間髪を容れず、蔵人介はねじこんだ。

「おぬし、筆頭与力の等々力甚内にも刀を贈ったな。蛭巻塗りの朱鞘にはいった代物だ。あれは」

「上杉謙信《うえすぎけんしん》公の愛刀『山鳥毛《やまどりげ》』にござります」

備前屋は身を起こし、襟を正す。

真実ならば、耳を疑わざるを得ない。『山鳥毛』はさきほどの『日光一文字』に比肩《ひけん》するほどの名刀で、刃文が山鳥の毛のごとく乱れているところから名付けられた。

「おぬし、どうやって『日光一文字』や『山鳥毛』を手に入れたのだ」

備前屋はこれにこたえず、不敵な笑みを浮かべてみせる。

「手に入れたいものは、どんな方法を使ってでも手に入れる。それが備前屋庄兵衛の信条にござります」

「されば、この国綱も欲しかろう」

「欲しゅうござります。手前に五百両で、いえ、七百両でお譲り願えませぬか」

手を握らんばかりに懇願する蟋蟀顔に、蔵人介は憐《あわ》れむような眼差しを向けた。

この男は金に飽《あ》かせて、刀剣や骨董以外のものも手に入れてきたのだ。

おまんも生《い》け贄《にえ》になった。

卑劣な手を使って誑かした罪を、この場で即座にあばいてもよい。

国綱の刃を頭上に高く掲げ、首を刈るぞと脅せば、備前屋は命乞いをしながら、みずからの罪を告白するにきまっている。

だが、得策ではないと、蔵人介は瞬時に判断した。

行く手には深い闇が広がっている。

闇の正体をあばくためには、敵中にもっと近づかねばならない。

「おぬしに国綱を売ってやってもよいが、客の反応もみてみたい」

「お気持ちはようくわかります。されば、三日後に催されるお披露目の会にお招きいたしましょう」

どうやら、特別な客しか招かぬ刀剣類のお披露目会があるらしい。

「月見の楼で知られる高輪の『磯兎《いそうさぎ》』にて催されます。藤掛兵部さまも、お忍びでお越しになりますぞ」

「ほう。されば、行かずばなるまい」

「今一度、お望みの売値をお聞きしておきましょう」

蔵人介が黙っていると、備前屋は指を一本立てた。

一千両だ。

「落ちつきどころは、このあたりでいかがなものでござりましょうか。けっして、お安い値段ではござりますまい」

蔵人介は、まんざらでもない様子で顎《あご》を掻く。

「そうよな。欲を掻きすぎたら罰が当たる」

「ふほほ、さようにござります。そのあたりの金額ならば、手前もはなしをまとめる自信がござります」

「頼むぞ、備前屋」

「お任せを。それでは、刻限などの詳細はのちほど、ご自宅へ使いを送らせていただきましょう」

「あいわかった」

欲深そうな蟋蟀顔を眺めていると、首を刎《は》ねたくなってくる。

蔵人介は自重《じちょう》し、串部に命じて国綱の刃をけら首に繫がせた。

七

串部の発案で『国綱』は当面のあいだ、馴染みの研ぎ師へ預けることにした。

志乃が納得してくれるのを祈るのみだ。

蔵人介はひとり、月の無い十五夜の坂道を歩いている。

藤掛兵部の役宅がある霊南坂に沿って歩き、漆黒《しっこく》の水を湛《たた》えた溜池の畔までやってきた。

消えたおまんの足取りを追ってみようとおもったのだ。

おまんは役宅のなかにある等々力甚内の屋敷に呼ばれたあと、夜道をたどってどこかへすがたをくらました。となれば、霊南坂を上ったか下ったかしたはずだ。

同じ道を串部もたどってみたが、手懸かりを摑むことはできなかった。

蔵人介は闇に目を凝らしつつ、俗に桐畑《きりばたけ》と呼ばれる道をたどりはじめた。赤坂《あかさか》御門までつづくなだらかな上り道だが、追いはぎが出るので大小を差した侍でも夜道は避ける。

西行稲荷《さいぎょういなり》のそばまで差しかかったとき、赤坂御門のほうから何かが聞こえてきた。

「ん、あれは」

うら悲しげな三味線の音色だ。

急ぎ足で近づいてみると、三味線に合わせてか細い唄声も聞こえてきた。

「……恋に焦がれて鳴く蟬《せみ》よりも、鳴かぬ蛍が身を焦がす」

女の声だ。

七七七五の音律に乗せて、男女の恋情をしっとり唄う。

寄席などでたいそう評判の都々逸《どどいつ》なるものであろうか。

唄う女のすがたはみえず、艶《つや》めいた声だけが響いている。

唄声に誘われて土手沿いに進み、赤坂御門も喰違《くいちがい》門も通りすぎ、気づいてみれば紀州《きしゅう》屋敷と間《あい》ノ原《はら》の狭間を抜ける淋しい道をたどっていた。さらに、三ツ股を紀州屋敷の海鼠塀《なまこべい》に沿って左手へ進めば、鮫ヶ橋坂《さめがはしざか》と呼ばれる暗い谷間《たにあい》へ行きつく。

やがて、唄声も三味線も消えた。

行く手に目を凝らせば、辻角に御神燈《ごじんと》が揺れている。

まるで、蛍火のようだ。

灯《あか》りに誘われ、黒板塀に沿って歩く。

蔵人介は、御神燈の吊された置屋《おきや》風の屋敷を訪ねた。

「たのもう、誰かおらぬか」

表戸を敲《たた》くと、白塗りの年増《としま》が潜《くぐ》り戸から顔を出す。

「何かご用」

しんなりとした仕種で聞かれ、蔵人介はことばに詰まった。

年増は前歯の抜けた口で、にっと笑う。

「ひょっとして、流行の都々逸を耳にしたのかい。うふふ、あれを唄っていたのは、あたしだよ」

「……さ、さようであったか」

「御武家さま、ここがどこだかおわかりかい」

「……い、いいや」

「教えたげる。ここは夜鷹《よたか》の会所だよ。夜鷹を買いたいんなら、そのさきの四つ辻でお待ちなさいな。会所から筵《むしろ》を借りて向かうからね、逃げちゃいけないよ。ぬひひ」

気色《きしよく》の悪い笑みを向けられ、さすがの蔵人介も背筋をぞっとさせる。

「待て。ちがうのだ。人を捜しておる」

慌てて否定すると、目尻の皺が目立つ年増はあからさまに不機嫌な顔をつくり、舌打ちをかまして奥へ引っこもうとした。

「待ってくれ。捜しているのは、おまんという武家の女房だ。年は二十二、色白のおなごでな」

語りかけているそばから、ぴしゃりと潜り戸を閉められる。

しばらく所在なく佇んでいると、潜り戸が音もなく開いた。

誰も顔を出さない。

「入れということか」

蔵人介は身を屈め、慎重に戸口を潜りぬけた。

ひんやりした土間に踏みこむや、上から龕灯《がんどう》を当てられる。

蔵人介は左手を翳《かざ》して光を遮り、相手の気配を窺《うかが》った。

安物の白粉《おしろい》の匂いがする。

上がり端に立つのは、ひとりではない。

白塗りの夜鷹たちに囲まれ、撫《な》で肩の優男《やさおとこ》が龕灯を掲げていた。

男は光を外さず、疳高《かんだか》い声で問うてくる。

「御武家さま、御姓名をお伺いしやしょう」

「矢背蔵人介だ」

「御旗本であられやすかい」

「ふむ。公方様の毒味役を務めておる」

さっと、龕灯の光が外された。

夜鷹たちの手で、左右の壁に掛かった手燭《てしょく》に火が灯《とも》される。

男はぱんと膝を叩いて正座し、床に三つ指をついた。

「これはこれは、鬼役さまであられやすか。とんだご無礼を」

くいっと顔をあげた男はまだ若く、女形《おやま》のように肌の色が白い。

「手前はこの会所を預かる元締めで、すずしろの銀次《ぎんじ》と申しやす」

「ふん、やけにご丁寧な出迎えだな」

「先代の遺言に『かのつく相手と、おのつく相手にゃ、逆らっちゃならねえ』ってのがありやしてね。かは火盗改、おは御庭番と鬼役にごぜえやす」

「ほう、なぜ、鬼役に逆らえぬと」

「さあ、そいつはわからねえ。なにしろ、先代は理由も告げずに逝っちまったもので」

銀次は抜け目のない様子で、こちらを睨みつけてくる。

それにくらべて、左右に控える夜鷹たちの眼差しは妖しい。

「何でも、おまんというおなごをお捜しとか」

「おまんどのの亭主が、いささか存じよりの者でな」

「ほほう、さようで。そのご亭主とはどのような関わりか、差しつかえなければお教え願いやせんか」

「古い友だ。蜊河岸の『士学館』で三度、申し合いをしたことがある」

「士学館なら、よく存じておりやす。今の三代目は、なかなかの人物だ。『士学館』が出てくるとなりゃ、矢背さまのことを信用してもよさそうだ。ささ、どうぞなかへ。小汚ねえところだが、客間くれえはありやす」

「いいや、ここで結構だ。おぬし、おまんどののことを存じておるようだが、どういうことか説いてもらおう」

「へへ、それなら、かいつまんでおはなしいたしやす」

先月の終わりころ、夜鷹たちが桐畑で行き倒れになっていた女を会所に運んできた。

それが、おまんであったという。

高熱を発して喋ることもできず、三日三晩うなされつづけたすえに、ようやく意識を取りもどした。それから体力が快復するまでの数日間、会所の一室で夜鷹たちの看病を受けていたのだ。

「困ったときは、おたがいさまだよ」

歯の抜けた夜鷹が笑った。

名は、おごうというらしい。

「あの娘、駒鳥《こまどり》みたいに綺麗な声をしていてね。あたしが三味線を爪弾《つまび》くと、小唄なんぞを口ずさんでくれたものさ。あの娘の声が聞けなくなってからは、何だか胸にぽっかり穴があいちまったようでねえ」

会所の連中には、何ひとつ下心はなかった。

銀次がつづける。

「ただし、事情だけはお聞きしやした。事情も知らずに置いておくわけにもいかねえもんでね」

おまんは包み隠さず、みずからの素姓と行き倒れになった経緯を告げた。

銀次のはなした内容の大筋は、蔵人介の知っているものとほとんど変わらなかった。

ただし、おまんを呼びつけて手込めにした等々力甚内の卑劣さは、蔵人介が想像していた以上のものだった。

「縛りつけて鞭《むち》で打ち、蠟燭《ろうそく》で肌を焼いて苦しむ顔を見て楽しむ。そんな屑みてえな野郎は許せねえ。なるほど、この会所は春をひさぐ女たちの稼ぎで成りたっている。あっしも偉そうなことは言えねえが、ここにいるのは身を売らなきゃ生きていけねえ女たちなんだ。女たちの身に何かありゃ、会所は命を張って守らなくちゃならねえ。女を玩具《おもちゃ》にして喜ぶ野郎は生かしちゃおけねえんですよ。とは言うものの、相手は天敵の火盗改でござんす。しかも、筆頭与力となりゃ、歯の立つ相手じゃねえ。口惜しいはなしだが、ここは先代の遺言を守り、じっと我慢するっきゃねえ」

銀次や夜鷹たちの俠気《おとこぎ》に、蔵人介は頭の下がるおもいだった。

しかし、肝心のおまんは会所にいないという。

「つい先日、出ていっちめえやした。こいつを残して」

銀次は袖口に手を突っこみ、文を一枚取りだした。

蔵人介は手渡された文を開き、さっと目を通す。

感謝のおもいが連綿《れんめん》と綴《つづ》られていた。注目すべきは、自分にはやらねばならぬことがあると結ばれている点だ。

「やらねばならぬこととは」

「考えたくもねえが、ひょっとしたら、等々力甚内とはなしをつけにいったのかもしれねえ」

「何だと」

「おまんさんは、知らなくてもいいことを知っちまった。最愛の亭主が上役に斬りつけて出奔したことをね」

おごうという歯の抜けた夜鷹が、泣きべそを掻いた。

「あたしが喋っちまったのさ。ご亭主のことをあんまり心配しているもんだから、親切心で調べてあげたんだ。悪気はなかった。何度も聞かれて、黙っていられなくなったのさ。ご亭主が火盗改から追われる身だと告げた途端、あの娘は顔色を変えてひとことも喋らなくなった」

そして夜になり、目を離した隙に会所から居なくなったのだという。

「……うう、堪忍しとくれ」

銀次が言ったとおり、おまんが向かったとすれば等々力のもとかもしれない。だとすれば、最悪のことも考えておかねばならなかった。

「旦那、おまんさんを助けてやっておくれ」

おごうが必死に訴えてくる。

「元締めはああ仰ったけど、女をいじめる悪党を許すことなんかできない。たとい、火盗改の与力でもね、悪党は悪党さ。肥溜めにでも嵌って死んじまえばいいんだ」

怒りで我を忘れる夜鷹を、銀次は叱りもしない。自分の本音を代弁してくれたからであろう。

だが、蔵人介としては闇雲に踏みこむわけにもいかず、今は無事であることを祈るのみだ。

「もうひとつ、気になることがありやす」

と、銀次はことばを濁す。

「小暮清志郎さまとおまんさんは、五年前に大坂新地の女郎屋を足抜けしやした。女郎屋の主人が天満《てんま》の与四三《よしぞう》だと聞き、おやとおもいやしてね」

「おぬし、天満の与四三なる者を知っておるのか」

「直《じか》にゃ知りやせん。ただ、新地の闇を仕切るかなりの大物だって噂は耳にしたことがありやす」

大坂では高利貸しなどもやっているらしいが、与四三の名が闇で知られるようになった阿漕《あこぎ》な商売は別にあるという。

「窩主買《けいずか》いでござんすよ」

銀次は声を押し殺す。

天下の名品と知られた茶器や水墨画を一手に集め、大坂から江戸へ持ちこんでは売りさばいているのだという。

「何から何まで盗品でやすよ。なかでも刀剣に関しては、とんでもねえ出物を扱っているとか」

「刀剣か」

蔵人介の念頭に浮かんだのは、備前屋庄兵衛が火盗改の連中に贈った『日光一文字』や『山鳥毛』のことだ。真贋の別はともかくとして、備前屋はそれら「名刀」の入手方法を口にしなかった。

それは、盗まれた品とわかっていたからではないのか。

故買品《こばいひん》と知って購入すれば、無論、購入した者も厳罰に処せられる。

ただし、公儀に気づかれなければ、とんでもない利益を得ることは確かだ。

備前屋が火盗改と裏で通じることで目こぼしを受けているのだとすれば、許し難い大罪にほかならなかった。

小暮清志郎は、上役が巨悪に関わっている疑いを抱いたのではあるまいか。

首番所の源助に語った「闇に隠れた悪事」とは、窩主買いのことなのかもしれない。そして、藤掛兵部や等々力甚内こそが成敗すべき「真の悪党」だとすれば、小暮が江戸に留まっている説明もつく。

銀次が喋りかけてきた。

「矢背さま、どうかなされましたか」

「ん、ちと考え事をな。かまわずに、つづけてくれ」

「もう、はなすこともありやせんが、天満の与四三は去年の暮れあたりから、ちょくちょく江戸へ顔をみせているようで。大振りの銀煙管《ぎんギセル》を喫《ふ》かす脂下《やにさ》がった野郎だって聞きやした」

「知りあいで目にした者でもあるのか」

「何人もおりやすよ。裏稼業で口を糊《のり》する小悪党ばかりでやすがね。与四三は暮れに高輪の料亭を買いとり、そこをねじろにしていやがるとも聞きやした」

観月に適した三層の楼閣と聞き、蔵人介はぷっと小鼻を膨らませた。

「もしや、その料亭の名は」

「『磯兎』でやすが、何か」

小暮やおまんは、はたして、与四三と『磯兎』との関わりを知っているのだろうか。

江戸と大坂を股に掛けた窩主買いという悪事に絡み、ふたりが足抜けをはかった五年前の因縁が炙《あぶ》りだされようとしている。

運命の糸車が音を起《た》てて廻りはじめたのかもしれない。

蔵人介はみずからも、糸車に巻きこまれていくのを感じていた。

八

葉月十八日、今宵《いま》は空に月がある。

いびつに欠けた居待ちの月だ。

高輪の『磯兎』は、かなりの盛況だった。

関八州《かんはっしゅう》から選ばれた金満家《きんまん》が集まっている。

侍もいれば商人もおり、誰もが華美な扮装《いでたち》をしているのだが、ほとんどの者は頭巾で顔を隠していた。

二階の大広間には数々の刀剣類が陳列され、みなの注目を集めている。

それらすべてが盗品であることを知る客は、どの程度いるのだろうか。

蔵人介は頭巾の下で眉をひそめた。

串部は二階への来場を許されず、ほかの供人《とも》たちと一階の板の間で待機を余儀なくされている。肝心の『国綱』は、串部に預けてあった。

案内役の備前屋庄兵衛は頭巾もかぶらず、客たちのあいだを縫うように行き来しては愛想《あいそ》を振りまいている。

お披露目の会を主宰する天満の与四三らしき者のすがたはない。

さらには、藤掛兵部や等々力甚内とおぼしき背恰好《かっこう》の人物をみつけることもできなかった。

備前屋はひとどおりの挨拶を済ませ、畳を滑るように近づいてくる。

「矢背さまであられますな。ぬふふ、ご案じなされるな。手前は背恰好を拝見しただけで、そのお方がどなたか判別できるのですよ。さっそくではござりますが、例のものはお持ちで」

低声《こごえ》で囁かれ、蔵人介はうなずいた。

「従者に預けてある」

「されば、手代に命じて取りにいかせましょう。先般おはなしにあがったお方がご覧になりたいと仰せです。すでに、三階の座敷でお待ちかねに。階段を上ってすぐのお部屋にござります。よろしければ、そちらへどうぞ」

「承知した」

奥の階段を上り、言われたとおりの座敷へ踏みこむと、なるほど、先客があった。

頭巾をかぶった肥えた男だ。

雪舟《せっしゅう》の水墨画が描かれた軸を背に抱え、白檀《びゃくだん》の扇子《せんす》を忙《せわ》しなく揺らしている。

床の間の刀掛けには、派手な拵えの刀が掛かっていた。

おそらく、備前屋から贈られた『日光一文字』であろう。

家禄三千石の大身にして火盗改の頭、藤掛兵部にまちがいなかった。

蔵人介は丁寧に一礼し、下座に腰を落ちつける。

藤掛とおぼしき相手は、偉そうな態度で口を開いた。

「おたがい、素姓を口にするのは控えるとしよう。それでよいな」

「無論にござります」

「天下の逸品と評される品々のまえで、身分の上下は問うまい。この場は無礼講《ぶれいこう》と心得よ」

「はっ」

藤掛の右手には腰高の窓があり、涼しい夜風が舞いこんでくる。

夜空に張りついた月は煌々《こうこう》と輝き、行灯《あんどん》など必要もないほどだ。

やがて、階段を駆けのぼる跫音《あしおと》が聞こえ、備前屋が挨拶もそこそこに『国綱』を抱えてあらわれた。

「お渡し願いたいと頼んでも、供人の方がしぶられたので往生いたしました。それでもどうにか説きふせ……あはは、さようなことはどうでもよろしゅうござりますな。さればさっそく、手前のほうで穂鞘を外してもかまいませぬか」

興奮を隠せぬ備前屋に向かい、蔵人介は重々しくうなずいてやった。

「かまわぬ。好きにしてくれ」

「されば」

備前屋は上座寄りに正座し、手早く穂鞘を外す。

刹那、研いだばかりの刃が燦然《さんぜん》と煌《きら》めいた。

「ふうむ、見事じゃ」

藤掛は二重顎を震わせ、菓子をねだる童子のように両手を伸ばす。

「わしに持たせろ。そばでみたい」

蔵人介が承諾すると、国綱は備前屋から藤掛の手に渡った。

藤掛は黒漆塗りの柄を握り、長い刃を舐めるように眺める。

仕舞いには、人差し指で刃に触れようとした。

「あつっ」

指の腹に血が滲《にじ》んでくる。

心配顔で躙りよる備前屋を、藤掛は悠然と制した。

「大事ない。そんなことより、この斬れ味はどうじゃ。備前屋、これは今宵一番の掘り出し物ぞ」

「へえ」

蔵人介は静かに口を開く。

「茎の銘をお確かめくだされ」

「その必要はない。備前屋から詳しいはなしは聞いておる。これが『鬼斬り国綱』であることに、一片の疑いも抱いてはおらぬ。さっそく、肝心なはなしを」

藤掛はせっかちな性分のようで、国綱を備前屋の手に戻し、膝を乗りだしてくる。

重い沈黙を破ったのは、交渉上手を自認する備前屋だった。

「すでに申しあげたとおり、手前のほうで七百両まではご用意いたします。ありがたいことに、それ以上は御客さまのご負担となることをご了承いただきました。そのあたりをおふくみいただき、ご希望の売値を仰せになってくださいまし」

「されば」

蔵人介は片膝立ちになり、素早く頭巾をはぐりとった。

「あっ」

驚いた藤掛と備前屋が同時に叫ぶ。

間髪を容れず、蔵人介は発してみせた。

「三千両。それが売値でござる。鐚一文《びたいちもん》欠けても、お売りするわけにはまいらぬ」

「何じゃと、鬼役づれが」

藤掛は声を震わせ、刀掛けの大刀を握るや、がばっと立ちあがる。

「はなしにならん」

脇息《きょうそく》を蹴りつけ、太鼓腹を揺すりながら、蔵人介の脇を通りすぎた。

襖障子を乱暴に開けはなち、階段をどたどた下りていく。

「矢背さま、一千両で折りあったはずなのに、気でも触れられたか」

備前屋は涙目でこちらを睨みつけ、藤掛の背をあたふたと追いかけた。

蔵人介は抛《ほう》りだされた国綱を拾い、畳に石突きを突いて立ちあがる。

踵《きびす》を返しかけたところへ、大黒頭巾をかぶった小肥《こぶと》りの男があらわれた。

「お待ちを。ささ、そちらの上座へ」

手も取らんばかりに導かれ、考える暇もなく上座に腰を降ろす。

男は倒れた脇息を元どおりになおし、ぱんぱんと柏手を打った。

廊下の奥から、若い男たちが料理の膳をはこんでくる。

酒や料理の膳が並ぶと、今度は芸者たちが裾を引きずってあらわれた。

左右にふたりずつ侍り、ひとりはくの字なりにしなだれかかってくる。

「おおきに、今宵はようこそお出掛けくだはりましたなあ」

男は恵比寿《えびす》顔で笑いながら、上方訛りで挨拶をする。

「亭主の与四三でおます。備前屋がえらいご迷惑をお掛けしたようで。ぬふふ、品川から綺麗どころを呼びましたんや。お気になさることはあらしまへん。ほんのお近づきのしるしでおますさかい」

与四三が目配せを送ると、右に侍った芸者が盃を持たせようとする。

蔵人介が戸惑うと、芸者は悲しげな様子で睫毛を伏せた。

色白で富士額《ふじびたい》の若い娘だ。少し窶《やつ》れた感じが、かえって妖艶さを際立たせている。

「これ、何をまごまごしとんのや」

与四三に叱責され、娘は蔵人介の手に盃を無理に握らせる。

仕方なく盃を差しだすと、娘は震える手で銚釐《ちろり》をかたむけた。

酌に馴れていないのか。

ともあれ、盃になみなみ注がれた酒を、蔵人介は一気に呑みほす。

「ふほっ、いける口でおますなあ」

与四三は破顔大笑《はがんたいしょう》し、大仰に拍手をする。

「そのおなご、お気に入っていただけたようで。おまんと言いますのんや」

名を聞いた途端、蔵人介は二杯目の盃を宙で止めた。

動揺は顔に出さず、与四三のことばを酒とともに流しこむ。

おまんは三杯目を注ぎかけて酒をこぼし、蔵人介の膝を濡らしてしまった。

「……も、申しわけございません」

花柄の袂《たもと》を使って、必死に膝を拭こうとする。

蔵人介はなす術《すべ》もなく、するに任せるしかなかった。

与四三はそうした一連の所作《しょさ》を、蛇のような目で眺めている。

験《ため》しているのかと、蔵人介は勘《かん》ぐった。

隣に侍っているのは、行方知れずとなった小暮の妻女にまちがいない。

この場から、おまんを救いだすことはできない相談ではなかった。

だが、はたして、それが得策かどうか。

いまだ、悪事の確乎《かっこ》とした証拠は摑んでいない。

派手な動きをすれば、相手の仕掛けた罠に易々《やすやす》と嵌るようなものだ。

「矢背さま、何をお迷いで。よろしければ、窓からお顔を差しだして、縄手の夜空をご覧なはれ」

与四三は三味線を爪弾くふりをし、即興で都々逸を唄いだす。

「月の欠片《かけら》を盃に取り、据え膳食わぬは武士の恥。ふほほ、おまんも唄え。上方で駒鳥と評された喉をご披露せなあかんやろ」

おまんは命じられて、三味線の伴奏も無しに唄いだす。

「月の欠片を盃に取り、据え膳食わぬは武士の恥。ほんにぬしさんはつれないお方、酔わせておいて触れもせず」

年増の夜鷹も言っていたとおり、うっとりするような美声だが、肝心の魂が籠もっていない。あきらめと悲しみと虚《むな》しさと、さまざまな負の感情がないまぜになった唄声に感じられた。

「ふふ、その調子や」

与四三は小狡《こずる》そうに笑う。

「矢背さま。この際、物騒《ぶっそう》な薙刀のことはお忘れになりはって、明け烏が鳴くまで存分にお遊びなさるがええ」

蔵人介は返事もせず、おまんに注がれた酒を呑みつづける。

酒は池田満願寺《いけだまんがんじ》の諸白だ。大坂湊《みなと》から樽廻船ではこばれ、遠州灘《えんしゅうなだ》の荒波で揉まれるあいだに味わいを増す。「富士見酒」とも称する上等な酒は、下り物の横綱にほかならなかった。

だが、今は美味いとも感じない。

呑めば呑むほど、苦味だけが増していく。

毒味御用でも、これほど味気ない酒は呑んだことがなかった。

それでも、おまんは銚釐を手放さず、執拗《しつよう》に注ごうとする。

蔵人介は酔えぬ酒を、永遠に呑みつづけるしかなかった。

九

翌朝、市ヶ谷御納戸町の自邸に近い鰻坂《うなぎさか》の坂下で、無惨な屍骸《むくろ》がみつかった。

着の身着のままでおもむいてみると、先んじていた串部が駆けよってくる。

「殿、由々しき事態でござる」

「どうしたのだ」

「あの屍骸、備前屋庄兵衛にござります」

「何だと」

町奉行所の役人はまだ着いておらず、屍骸は道端に放置されたままだ。

次第に人が集まってきた。多くは近所に住む納戸方や払方《はらいかた》の小役人たちだ。

仰向《あおむ》けの屍骸は確かに、昨夜会った骨董商のものだった。

恐怖に脅えた眸子を瞠《みは》り、両手で宙を摑もうとしている。

異様なことに、口から銀色に光る生魚の頭が飛びだしていた。

人と魚の腐臭が入りまじり、とんでもない臭気が充満している。

「秋刀魚でござりますな」

串部が鼻を摘みながら言った。

「何の意味があるのでござろう」

「脅しのつもりさ」

と、蔵人介は冷静に応じる。

秋刀魚は刀の代わりであろう。

「余計なことに首を突っこめばこうなるぞと、わしを脅しておるのさ」

「それで、わざわざ屍骸を御納戸町に捨てたのか。ふん、殿を脅すとは度胸のある連中でござりますな。それにしても、何故でござりましょう。殿と小暮さまの関わりがばれたのやも」

「わからぬ。少なくとも、わしを疑っているようだ」

正直、ここまで残虐なことをする連中だとはおもっていなかった。

今となってみれば、おまんを救いださなかったことが悔やまれる。

蔵人介は串部に命じて、屍骸の傷を調べさせた。

「うっぷ、ひでえ臭いだ。ざっと調べたかぎり、刀傷はなさそうだな」

「頭のてっぺんが陥没しておるぞ」

「あっ、まことですな。石か何か、堅い物で撲《なぐ》られたようだ」

「死因はそれか」

ふと、蔵人介の頭に銀煙管が浮かんでくる。脂下がった天満の与四三が携えていた代物だ。

「あれなら、頭蓋を粉々にできるかもしれぬ」

「されど、与四三にしてみれば、備前屋は江戸表で故買品をさばくために必要な男でござりましょう。これほどあっさり消してしまいますかね」

所詮《しょせん》は蜥蜴《とかげ》の尻尾《しっぽ》にすぎなかったということだ。蔵人介を軽々しく引きあわせたことで、備前屋は藤掛兵部の勘気《かんき》をこうむったにちがいない。

「すると、殺しは藤掛の指図だと」

「もしくは、右腕の等々力甚内が与四三に命じたのやもしれぬ」

自分たちの身を守るためとはいえ、火盗改が関与していなければ、これほど迅速に対処はできまい。

と、そこへ、町奉行所の定町廻《じょうまちまわ》りが小者をしたがえてあらわれた。

屍骸の周囲は、にわかに騒がしくなる。

筵に移された屍骸に背を向け、蔵人介は坂道を上りはじめた。

「殿、お待ちくだされ」

追いかけてくる串部など振りむきもせず、蔵人介は一気に坂を上りきる。

そして、足を止めた。

三ツ股の辻陰に、何者かが佇んでいる。

堂々たる体軀に絽《ろ》羽織を纏った役人だ。

左腰には華美な拵えの刀を差していた。

左鬢の下には、生々しい刀傷がある。

噂をすれば影、等々力甚内にほかならない。

「おぬしが矢背蔵人介か。二百俵取りの御膳奉行ごときが、いったい何を探っておる」

やにわに詰問《きつもん》され、蔵人介は戸惑ったふりをした。

「藪《やぶ》から棒《ぼう》に、何のはなしでござろう」

「しらを切るな。火盗改を舐めておるのか」

「ほう、そちらは火盗改の」

「藤掛兵部さま配下の筆頭与力、等々力甚内じゃ。同じ旗本でも、わが方の家禄は八百石を超えておる。五百石に足らぬおぬしより格上じゃ。ふん、わしの素姓など存じておろうに、知らぬふりをきめこむとはな。益々もって怪しいぞ」

蔵人介は、わけがわからぬといった風情《ふぜい》で首を振る。

「等々力どのはいったい、何を疑っておられるのか」

「おぬしの素姓さ」

「妙ですな。すでに、お役目も家禄もお調べ済みのようでござるが」

「ああ、調べた。なにせ、わしはおぬしを二度もみておるからな。教えてやろう。一度目は万年橋の橋詰めじゃ。上役に斬りつけた不届き者を追っていた最中でな、亀を求める客のなかで、おぬしと従者だけが殺気を孕《はら》んで立っておった。そして、二度目は昨晩じゃ」

そう言って、等々力は蛇のような眼差しで睨みつける。

「公方様の毒味をする鬼役づれが『磯兎』へ家宝の薙刀を売りこみにくると聞き、わしは疑念を抱いた。薙刀以外に、ほかの目途《もくと》があるのではないかとな。それゆえ、隣部屋で息を殺しておったのだ」

「ほう、気づきませなんだ」

「あたりまえじゃ。わしは忍びの気息術《きそくじゅつ》を会得《えとく》しておる。おぬしごときに気づかれてなるものか。ふん、さようなことはよい。藤掛さまとおぬしの掛けあい、じっくり聞かせてもろうたわ。帰りしなに、おぬしの顔もこの目で確かめた。驚いたぞ。万年橋で目にしておったからな。わしは二度みた相手のことは信用せぬ」

「なるほど、それで骨董屋を葬ったのでござるか。あの秋刀魚、脅しにしては、ずいぶん子どももじみておりますな」

一瞬の沈黙が殺気を膨らませる。

だが、蔵人介の背後には串部も控えていた。

等々力も容易には抜こうとしない。

「小悪党がどうなろうと、わしには関わりのないことじゃ」

「備前屋の代わりなら、いくらでもいると仰る」

「死んだやつのことなど、どうでもよいわ。おぬし、ただの鬼役ではあるまい。もしかして、目付《めつけ》配下の隠密か」

蔵人介は薄く笑った。

「的外れにござる。拙者はただの鬼役、毒味以外にこれといってできることはありませぬ」

「嘘を吐《つ》くな。されど、まあよかろう。ともかく、これだけは言っておく。余計なことに首を突っこむと、命を縮めるぞ」

「ご忠告、ありがたく拝聴しておきましょう。されば」

蔵人介は軽く会釈し、等々力の面前を通りすぎていく。

串部は怒りで顔を火照《ほて》らせつつも、主人の背中にしたがった。

「ちっ、貧乏旗本め」

悪態を吐く男の気配が、辻から遠ざかっていく。

「あの男、生かしてはおけませぬぞ」

串部はぎょろ目を剝《む》き、正直な気持ちを吐いた。

無論、蔵人介の覚悟は決まっている。

身分や地位を笠に着て悪事をはたらく輩は、無間《むけん》地獄へ堕《お》としてやるしかない。

十

城内中奥の笹之間から廊下に出て、砂利敷きの庭に下りて厠《かわや》へ向かうとき、蔵人介はいつも人の気配を窺う。もちろん、小用《しようよう》を足して胴震いする先客もあったが、驚かされぬように気をつけねばならぬ相手はひとりしかいない。

公人朝夕人《くにんちようじやくにん》、土田伝右衛門《つちだでんえもん》である。

家慶公が尿意を告げたとき、いちもつを摘んで竹の尿筒《しとづつ》をあてがう。それが公人朝夕人に課された表の役目で、裏の役目は別にあった。十人扶持《ぶち》の軽輩にすぎぬものの、武芸百般《ひやつぱん》に通暁《つうぎよう》しており、伝右衛門こそが公方を守る最強で最後の盾となる。公方の近習でも、そのことを知るものは皆無に等しい。

蔵人介は足を止め、厠の気配を窺った。

「おるな」

臭気の漂う物陰から、溜息が漏れてくる。

「お久しゅうござる」

すがたはみえず、声だけが聞こえてきた。

たどりつかねばならぬ楓之間は、公方が朝餉をとる御小座敷の脇から御渡廊下を抜けた左手、上御錠口《かみのおじょうぐち》の手前にある。笹之間から御小座敷までもかなり遠く、夜廻りの小姓たちを避けながら、三十畳敷きの長大な廊下や御渡廊下を進んでいかねばならない。

蔵人介は息を詰め、御広敷《おひろしき》を守る伊賀者のように忍び足で廊下を渡った。

どうにか御小座敷の脇を擦りぬけ、薄暗い廊下をまっすぐに進む。

突きあたりは上御錠口、その向こうは大奥にほかならない。一方、廊下を左手に曲がって奥へ進めば、双飛亭《そうひてい》という公方の茶室へたどりつく。

いずれにしろ、中奥《なかおく》勤めの軽輩が忍びこんではならぬところだ。

みつかれば捕縛され、即刻、首を刎《は》ねられるであろう。

蔵人介は上御錠口のほうへ進み、楓之間に行きついた。

桟《さん》に油を流して襖を開け、漆黒の闇に踏みこむ。

大股で三歩進めば床の間だとわかっている。

足を大きく踏みだし、三つ数えた。

右手を伸ばし、掛け軸の紐を引っぱる。

刹那、正面の漆喰《しっくい》壁がひっくり返った。

まるで、大芝居に使うがんどう返しだ。

穴蔵を潜ると、そのさきに小部屋があった。

御用之間と呼ぶ公方の隠し座敷で、大きさは四帖半にも満たない。

床面から細長く小窓が切られており、透明の硝子越しに壺庭もみえた。

部屋の一帖ぶんは黒塗りの御用簞笥《だんす》に占められ、簞笥のなかには公方直筆《じきひつ》の御書面や目安箱《めやすばこ》の訴状などが納められている。

歴代の公方たちが誰にも邪魔されず、ひとりで政務にあたった部屋らしい。

ただし、大御所となった先代の家斉《いえなり》公と今将軍の家慶公は一度も訪れたことがなく、楓之間に隠し部屋があることすら忘れていた。

蔵人介の面前には、丸眼鏡《まるめがね》の冴えない老臣がちょこんと座っている。

城内で派閥の色にも染まらず、御用商人からは盆暮れの贈答品も受けとらない。反骨漢にして清廉《せいれん》の士と目され、幕閣の重臣たちからは煙たがられているものの、肝心の公方からは信頼が厚く、目安箱の訴状を読むことも許されている。いわば、中奥に据えられた重石《おもし》ともいうべき人物であった。

「来おったか。まあ、座れ」

「はっ」

つけたぞ」

たがいに汗を掻いているのか、部屋に湿気が充満しはじめた。

蔵人介は怯まず、膝を躙りよせる。

「橘さま、ひとことだけ言わせていただければ、拙者は国綱を売る気など毛頭《もうとう》ござりませぬ。披露目の会に参じたのは、あくまでも、窩主買いで儲ける阿漕な連中に近づく方便《ほうべん》にござります。藤掛兵部のことばに惑わされてはなりませぬ。拙者に言わせれば、きゃつめほどの悪党はおりませぬ。藤掛は窩主買いの元締めと結託し、みずから甘い汁を吸っているのでござります」

「証拠《あかし》をみせよ」

鋭く突っこまれ、蔵人介は黙らざるを得ない。

橘の憎たらしい皺顔が、さも嬉しそうにほころんだ。

「証拠も無しに他人を罪人に仕立てあげるとはな。しかも、相手は火盗改の頭。一《いっ》騎当千《きとうせん》の配下を手足に使い、厄介な江戸の芥《あくた》掃除をしてくれる剛の者にほかならぬ。藤掛とおぬしを天秤に掛けたら、どちらに軍配《ぐんばい》があがるとおもう。十人に十人が藤掛の味方につこうぞ。おぬしはな、窮地に立たされつつある。それがわからぬのか。手を引くなら今のうちじゃ。親心とおもうて聞くがよい」

蔵人介は橘から目を逸《そ》らし、ぎりっと奥歯を嚙む。

頼りになる後ろ盾を失っても、おめおめと引きさがるわけにはいかなかった。

十一

矢背家の食卓には連日のように、鯊《はぜ》の煮付けが並んだ。

彼岸のうちの鯊は中気《ちゅうき》封じになるという迷信を、平常《ふだん》は迷信を気にも掛けない志乃が信じてしまったからだ。

城から戻って、貴重な二日半を安閑と過ごした。

橘右近に謹慎を命じられたからではない。打つ手を考えあぐねていた。

藤掛は重き地位と権限を笠に着て、黒を白と言いくるめようと画策している。

下手に動けば、潰されることは目にみえていた。確乎とした悪事の証拠を摑まぬかぎり、橘を説得できない。橘を説得できないということは、とりもなおさず、公儀を敵にまわすことを意味していた。

いざとなれば単騎で突っこむ覚悟はあったが、それはただの蛮勇でしかない。

藤掛兵部と等々力甚内を成敗するにしても、ふたりが悪事に関与している明確な証拠をみつける必要があった。

あれこれ悩んでいるところへ、助け船を出してくれた者がいた。

誰あろう、公人朝夕人の伝右衛門である。

昨二十二日の夜更けころ、おもいがけない朗報をもたらしてくれた。

――明二十三夜　本牧《ほんもく》沖に怪しき樽廻船投錨
上方の酒を運ぶ通常の樽廻船ならば、浦賀《うらが》水道を越えて江戸湾を一気に突っきり、鉄砲洲《てつぽうず》沖に碇泊《ていはく》する。ところが、伝右衛門が御船手《おふなて》番所から密かに写してきた航路図によれば、その樽廻船だけは霊岸島の新川《しんかわ》河岸へ運ぶ予定の酒樽を積んだまま、ひと晩だけ本牧沖に碇泊することになっていた。

「航行する船があまりに多いので、御船手番所の役人も見逃したのでござろう。ついでに届け出の書面を調べてみると、荷主のなかに大坂に住む与四三の名がござりました。しかも、御船手奉行の向井《むかい》将監《しょうげん》さま宛に火盗改の藤掛兵部さまから、妙な願い書が出されておりましてな」

組下の一隊が横浜《よこはま》方面へ出役するにあたって、鯨船《くじらぶね》一艘《そう》を借りうけたい旨の内容であった。

蔵人介はおもわず、膝を叩いた。

怪しい樽廻船は、大坂から故買品を密かにはこんできたにちがいない。船手番所の手入れを避けるべく、火盗改の庇護のもと、刀剣などの故買品を本牧近辺の砂洲《さす》に陸揚げするつもりなのだ。

敵の悪事を証明するには、またとない好機であった。

伝右衛門はおのれの一存で調べたのではなく、言外に橘右近の配慮があったことを匂わせた。橘は蔵人介を叱責しておきながら、藤掛の悪事への関与を疑っていたのだ。

が、伝右衛門は密命を帯びてきたわけではない。あくまでも、動くかどうかの判断はこちらに委《ゆだ》ねられていた。自分の手を汚そうとしない橘のやり方には馴れている。むしろ、有益な情報をもたらしてくれたことに感謝せねばなるまい。

「好機は明晩しかござりませぬぞ」

伝右衛門のことばを胸に、蔵人介は今、凪《な》ぎわたった海原のただなかで小船に揺られていた。

鉄砲洲から海上八里、横浜のさきに塙《はなわ》となって突きだす本牧湊をめざしている。

遥か遠くには、安房上総《あわかずさ》の山脈《やまなみ》も遠望できた。

海面には養殖海苔《のり》のひびが築かれ、大小の帆船も行き来している。

波打ち際で遊ぶ童子は黒い点にしかみえぬが、楽しげにはしゃぐ声は風にはこばれてきた。

浜辺に迫《せ》りだす屏風岩《びようぶいわ》の背には、夕陽が赫奕《かくやく》と燃えている。

「絶景にござりますな」

串部は小船の舳先《へさき》から身を乗りだし、感極まったのか、ずるっと洟を啜った。

蔵人介と串部を乗せた小船は、芒村《のげ》の海岸に沿って水脈《みお》を曳《ひ》いてゆく。

前方にみえる奇岩は「姥島《うばしま》」であろうか。

「高さで三丈《じよう》はごぜえやす」

櫓《ろ》を操る船頭は、誰に告げるともなく漏らした。

乳飲み子を抱えた乳母に似ているので姥島と名付けられたというが、蔵人介の目には大亀が頭をもたげたようにしかみえない。

亀と言えば、万年橋で出会えなかった小暮清志郎は、どうしているのだろう。

まだ生きていれば、今宵、敵中で邂逅《かいこう》できるかもしれない。

気づいてみれば夕陽は山陰に隠れ、塙の湊が鼻先に近づいている。

小船は急ぐこともせず、濃紺の衣を纏った桟橋《さんばし》へと導かれていった。

櫓を押す音は雁《かり》が音《ね》に似てうら寂しく、小船が波にたゆとう様は秋の夕暮れに似つかわしい。

蔵人介は桟橋に降り、暗くなりはじめた浜辺に立った。

耳を澄ませば、潮騒《しおさい》が聞こえてくる。

本牧は大きな漁村だ。

鯛や牡蠣《かき》や海鼠《なまこ》が豊富にある。

千代田城に御膳用の魚貝を納める肴場でもあり、沖合の漁場は「御菜浦《おさいうら》」と呼ばれ、他村の漁船は立ち入りを禁じられている。

蔵人介は村の長老に助力を請《こ》うべく、早飛脚《はやびきやく》に文を託していた。

幸運にも、長老の潮五郎《ちょうごろう》を知っている。懇意というわけではない。養父の信頼が鬼役であったころ、折をみては本牧湊へ泊まりがけで沖釣りをしにきていた。信頼は潮五郎に請われるがまま、訪れるたびに魚の骨取りを披露してみせた。箸を動かす所作があまりに美しかったので、潮五郎はすっかり魅《み》せられてしまったのだ。

蔵人介がそのはなしを潮五郎本人に聞いたのは、毒に中《あた》って亡くなった信頼の通夜《つや》の席だった。たった一度の出会い以来、長いあいだ再会できてはいなかったが、盆暮れにはいつも地元で採れた魚の干物を贈ってくれる。

潮五郎は御菜納めの肝煎《きもい》りとして、本牧、生麦《なまむぎ》、子安《こやす》、神奈川《かながわ》、芒、根岸《ねぎし》、森《もり》といった近隣七漁村を取りまとめていた。江戸表へ鮮魚をもたらす押送《おしおくり》船に漁民が御用幟《のぼり》を立てたいときも、潮五郎に一札入れておかねばならない。それほどの大物だった。

養父の通夜のときでさえ、雪をかぶったような頭髪をしていたので、七十を優に超えているのは確かだ。

はたして、おぼえてくれているであろうか。

蔵人介は急に不安をおぼえた。

出迎えの村人によれば、潮五郎は本牧塙十二天社《ほんもくのおかじゅうにてんのやしろ》で待っているという。

村の鎮守《ちんじゅ》でもある社は、屏風岩の裏手に築かれていた。

そもそも、鎌倉《かまくら》幕府の鬼門を守護するために建立《こんりゅう》されたものらしい。

本牧は名称からもわかるとおり、以前は馬を放牧する牧だった。

毎年、十二天社では「お馬流し」と呼ぶ夏越《なご》しの行事が催される。

茅《かや》で六体の馬をつくり、本殿にひと晩安置して潔斎《けっさい》したのち、船で沖まではこんで放流するのだ。「お馬」は「御魔」にも通じ、邪神を流す意味もある。また、茅の馬が流れる方向で吉凶《きつきよう》を占うともいう。

蔵人介は重い足をはこび、社の鳥居を潜った。

辺りは薄暗く、磯馴《そな》れ松が風に枝を揺らしている。
境内の一角では「お馬」に使う茅が栽培されていた。
古びた本殿には灯《つ》りが点けられ、いくつかの人影もみえる。
「出迎えの者もおらずか」
後ろで串部が文句を吐いた。
岩に当たって砕けちる波音が、心ノ臓を締めつける。
串部は緊張しているのか、ひとことも喋らなくなった。
蔵人介は本殿を面前にして一礼し、階段《きざはし》を静かにあがり、息を詰めて観音扉《かんのん》を開く。
潮焼けした屈強な男たちが、険しい顔で待ちかまえていた。
ひとりだけ丸茣蓙に胡座《あぐら》を掻いた髪の白い老人がいる。
潮五郎だ。
からだの衰えは否めないものの、こちらを睨みつける眼光は鋭い。
横浜七漁村の命運を背負ってたつ者の気概が、風圧となって迫ってくる。
蔵人介は扉の手前に腰を降ろし、袂を払って床に両手をついた。
「潮五郎どの、まずは突然の来訪をお詫び申しあげたい。このとおりでござる」

「文は受けとり申した。鬼役さまのお願いとあらば、受けぬわけにはまいらぬ。御先代にも顔向けができぬでな。して、漁船一艘と船頭数人を貸してほしいとのお願いでござりましたな」

「いかにも」

「沖合の樽廻船にでも乗りこむおつもりかね」

色の薄くなった瞳で探るようにみつめられ、蔵人介は小さくうなずいた。

「すでに、おわかりでござったか」

「知りとうもない。知れば、村に災いが降りかかってくる」

「災いが」

「さよう」

潮五郎は苦い顔でうなずき、村人のひとりに顎をしゃくる。

村人が手に抱えてきたのは、かたちのくずれた茅細工だった。

「首は馬、からだは亀、馬首亀体のお馬さまじゃ。沖へ流したはずの六体すべてが、もとの浜に戻ってきおった。そうした年は、かならず村に災いが降ってくる。不漁つづきのあげく、疫病《えきびょう》が流行《はや》りだすのじゃ。鬼役さまが来られるまえに、ひとりの男が訪ねてきおった。二挺櫓《にちょうろ》の船と船頭ひとりを貸してほしいと言うてな」

小暮だなと察し、蔵人介はぐっと身を乗りだす。

潮五郎はこちらの反応をみて、重い溜息を吐いた。

「やはり、お知りあいであったか。あの者は公儀のお尋ね者じゃ。わしらにとっては疫病神《やくびょうがみ》さね」

「なぜ、お尋ね者とわかったのでござるか」

「火盗改のお役人から、密かに人相書が配られておった。姓名は小暮清志郎。侍だということ以外、素姓も何をやらかしたのかも記されておらぬ。ただ、見掛けたらすぐに訴えるようにとのお達しでな」

「まさか、訴えられたのか」

焦って尋ねると、潮五郎は首を横に振った。

「いいや、訴えてはおらぬ。大きい声では言えぬが、わしゃ等々力甚内という与力が嫌いでな」

「もしや、等々力甚内をご存じなのか」

「ああ、よう知っておる。沖合に樽廻船が碇泊するときは、かならず念押しにまいるからの」

「念押し」

「何があっても、見ざる、聞かざる、言わざる。三猿をきめこむようにと、あやつは偉そうに命じるのよ」

「されば、潮五郎どのは、きゃつらの悪事を知っておられると」

「知らぬが仏。知れば同罪となろうし、神仏の祟《たた》りがあろう。火盗改が顔をみせるようになってから、村にはろくなことが起こらぬ」

潮五郎は力無く笑い、村人のひとりに目配せを送る。

「お尋ね者には、二挺櫓の船を貸してやった。ただし、船頭だけは堪忍《かんにん》してもろうた。それでも、ふたりで櫓を漕ぎ、沖へ出ていったわい」

「ふたりで」

蔵人介は首をかしげる。

「さよう。そのうちのひとりは、つい今し方、戻ってきたばかりじゃ」

潮五郎が振りむいたさきに、しょぼくれた男が立っていた。

「あっ、おぬしは……」

蔵人介は驚きを隠せない。

「……鈴ケ森の源助ではないか」

源助は、ぺこりとお辞儀をする。

「鬼役さま、よくぞお出ましくだされた」

「何故、おぬしがここにおる」

「今朝方早く、小暮さまが首番所に来られ、土間に両手をつかれました」

悪党どもと決着をつけるので、船を出してほしいと、源助は頼まれた。

一も二もなく了承し、盗んだ小船で本牧湊までやってきたのだという。

「ただし、その船で沖まではたどりつけねえ。いろいろ迷ったあげく、こちらのご長老にお願いをいたしやした」

「小暮はどうした」

「相手から気づかれねえように樽廻船のそばまで漕《こ》ぎよせると、旦那はあっしに深々と頭を下げられ、海に飛びこんじまった。樽廻船にたどりつけたかどうかは、暗すぎて確かめられやせんでした。でも、旦那のことだ、きっとたどりついたにちげえねえ。でえち、おまんさまも助けなきゃならねえんだ」

「何だと。おまんどのが樽廻船に乗っておるのか」

「罠でやすよ。『自分なら、おまんを餌におびきよせる』と、旦那は仰いやした。罠を承知で斬りこむおつもりなんだ」

「小暮め、早まったな」

蔵人介が口惜しがる様子を、潮五郎や漁師たちはじっとみつめていた。

「鬼役さま、わしらはこの源助から小暮清志郎という御仁《ごじん》のことを聞きました。役目も身分も奪われ、女房まで悪党どもに奪われた。涙無しにゃ聞けねえはなしだ。どっちが善でどっちが悪かは、おのずとわかる。されど、今助けに参じれば、返り討ちにあうだけだ。敵は手ぐすね引いて待っていやがるにちがいねえ。海だけじゃねえ。陸《おか》にも敵はいる」

火盗改の率いる捕り方装束の連中が、芒村の海岸に網を張っているという。

荷揚げを取り締まるとみせかけて、手伝うために寄こされた連中であろう。

もちろん、一団を率いるのは等々力甚内にほかならない。そして、等々力の背後には頭の藤掛兵部が控えていた。

「鬼役の矢背さまが、何を好きこのんで火盗改と張りあわなきゃならねえんです。何でそんな莫迦なことを」

「莫迦を承知でこの身を捨てる、そんな阿呆がいてもいい。流行の都々逸風に言えば、そうなろうか」

「へへ、ご先代は興《きょう》が乗ると三味線をよく爪弾いておられやした。ところで、勝算はおありですかい」

潮五郎にくだけた調子で聞かれ、蔵人介は微笑んだ。

「勝算など立ててはおらぬ。ただ、ひとたび刀を抜いたら、一片も容赦する気はない。悪党どもはことごとく、地獄をみることになろう」

「ほへへ、さすが、鬼役さまじゃ。ご先代同様、胆《きも》が据わっていなさる。ついでに、わしらに降りかかった災厄も除いていただけませぬか」

少なくとも、等々力甚内には引導を渡してつかわそう。

蔵人介は胸に誓い、しっかりうなずいてみせた。

潮五郎はやおら立ちあがり、凜然《りんぜん》と発する。

「おい、おめえら、八挺櫓の押送船をご用意しろ」

「おう」

命じられた若い衆が、拳《こぶし》を天井に突きあげる。

「急げ。今から漕げば、月が昇るめえにゃ、たどりつけるにちげえねえ」

漁師を煽《あお》りたてるすがたは、とても七十を超えた老人にはみえない。

串部は後ろで快哉《かいさい》を叫び、源助は嬉し涙にくれていた。

蔵人介は潮五郎に感謝しつつも、胸の裡《うち》に繰りかえす。

勝負はこれからだ。まだ何もはじまっちゃいない。

十二

海原は凪《な》いでいる。

今宵は二十三夜待ち。月の出は遅く、人々は願い事を代待《だいま》ちの願人坊主《がんにんぼうず》に託す。

船上から夜空を仰いでも、月はまだない。

星の位置から推すと、亥《い》ノ刻（午後十時）あたりだろう。

小暮清志郎は船首の物陰から首を出し、そっと甲板を窺った。

背伸びして手の届くところには、寝かされた檣《ほばしら》の根元がある。

先端までの長さは五丈ほどあり、それは樽廻船の全長に匹敵した。

幅で二丈五尺はある艫《とも》の左右には、篝火《かがりび》が四つも揺らめいている。

篝火のそばには、酒樽が何個も置いてあった。

見張りは五人。三人は酒樽に背をもたせ、うたた寝をしている。

小暮は源助が櫂《かい》を握る船から飛びおり、波に揉まれながらも樽廻船の舷《ふなばた》まで泳ぎついた。漆黒の舷は海面にそそりたつ急峻《きゅうしゅん》な屏風岩を連想させたが、どうにか手懸かりとなる梯子《はしご》をみつけ、苦労のすえに甲板へ這《は》いあがった。

半刻ほど前には、見張りの目を盗んで篝火のそばまで足を忍ばせた。酒樽のひとつに近づいて蓋《ふた》を外すと、樽のなかに酒は満たされておらず、油紙にくるまれた刀剣類が隠されていた。

大坂からごっそりはこばれた故買品であることは、すぐに察しがついた。取引の鍵を握る天満の与四三はよく知っている。五年前、小暮は大坂新地の女郎屋で用心棒をしていた。そのときの雇い主が、与四三にほかならない。

酔客と揉めたおまんを助け、それがきっかけで情を交わすようになった。おまんと手を携えて足抜けをはかったのは、女たちを使い捨ての道具としてしか扱わぬ与四三に反感をおぼえたからだ。

飼い犬に手を嚙まれた与四三は激昂《げっこう》し、逃げたふたりをみつけたら八つ裂きにしてやると息巻いたらしい。そんな噂も聞いていたので、江戸へ逃げのびてからも、偉そうに銀煙管《やにさ》を咥《くわ》えた恵比寿顔を忘れたことはなかった。

五年ぶりに脂下《やにさ》がった恵比寿顔を拝んだのは、つい先日のことだ。高輪の『磯兎』で刀剣披露の会が催されることを探りだし、小暮はとある重臣の従者に化けて潜入をはかった。そのとき、与四三を見掛けたのだ。

一瞬、足抜けをはかった自分たちを追ってきたのかと勘ぐったが、そんなはずはなかった。すぐさま、大掛かりな窩主買いを仕切る中心人物なのだとわかった。

驚いたことに、与四三のかたわらには、行方知れずになったはずのおまんがいた。

達者で生きていると知り、心の底から安堵した。と同時に、小暮は冷静でいられなくなった。

どうして、与四三のもとへ戻ったのか。

正直、おまんの気持ちをはかりかねた。

二度裏切っただけでは飽きたらず、三度も自分を裏切ろうとしているのか。

藤掛兵部や等々力甚内の悪事をあばくため、命の危険を顧《かえり》みずに江戸へ留まった。おそらく、火盗改の同心として濃密な三年間を過ごした者の矜持《きょうじ》がそうさせたにちがいない。

おまんを目にするや、目途を忘れて斬りこみたい衝動に駆られた。

与四三もろとも、四つに重ねて斬ってやる。そうおもったが、踏みとどまった。

これは罠だ。敵は獲物が網に掛かるのを待ちのぞんでいると察したからだ。

名状しがたい怒りを抑え、小暮はその夜から与四三を張りこんだ。

阿漕で小狡い悪党はどこへ行くにも、おまんをこれみよがしに侍らせた。

ただし、腕の立ちそうな浪人どもがいつもそばで目を光らせていたので、斬りこ焦りを抑えかねていると、見張りどもが騒ぎだした。

「荷船だ。合図を送れ」

右舷の縁から覗けば、次第に迫りくる船灯りがみえた。

「ひい、ふう、みぃ……五艘か」

艫寄りの出入口から、水夫《かこ》たちが甲板に上ってくる。

注視していると、最後に小肥りの男があらわれた。

与四三だ。

大きな銀煙管を燻《くゆ》らしている。

小暮は頬を強張《こわば》らせ、おまんの気配を探った。

だが、それらしき人影はない。

「筏《いかだ》を下ろせ。まごまごしておる暇はあらへんど」

与四三の指図で、水夫たちは右往左往しはじめた。

船倉に通じる口からは、悪相の浪人たちもあらわれた。

「ひい、ふう、みぃ、よ……七人か」

どうせ金で雇われた野良犬どもだろうが、予想よりも数が多い。

――ばしゃっ。

水音が聞こえた。
四隅を綱に吊された大きな筏が、舷を伝って海面に下ろされたのだ。
筏は桟橋代わりになり、故買品を隠した酒樽も吊してそこに下ろす。
梯子が何本も投じられ、水夫たちがつぎつぎに伝っていった。
小暮は飛びだす好機を窺いつつ、作業の様子をみつめている。
荷船はぐんぐん近づき、舳先をこちらへ向けていた。
五艘すべてが荷船ではなく、一艘は十人乗りの鯨船だ。
艫に御用幟を立てている。
火盗改だ。
「あっ」
船首に座る陣笠の侍は、等々力甚内にまちがいない。
心ノ臓が早鐘を打ちはじめる。
まさか、等々力がみずから参じるとはおもわなかった。
これぞ、千載一遇の好機だ。
ふたりまとめて、あの世へおくってやる。
与四三を捕縛する気持ちは失《う》せ、斬撃への衝動に抗《あらが》いきれなくなった。

「こっちへ来《き》いや。等々力さまをお出迎えせなあかんで」

銀煙管の紫煙が舞いあがり、闇に溶けていく。

等々力甚内は梯子を上りきり、水夫たちに両腕を抱えられて甲板に下りたった。

「与四三、何をぐずぐずしておる」

やにわに叱責を浴びせ、周囲を凍らせる。

今だ。

仇敵との間合いは十間《けん》もない。

ところが、小暮は動けなかった。

開いた毛穴から、汗が吹きでてくる。

「急いで荷を積め。猶予はないぞ」

等々力は与四三に代わり、水夫たちを駆りたてる。

そして、蒼白《そうはく》な顔のおまんに目を止めた。

「腐れ女郎め」

大股で歩みより、右手を伸ばして乳房を鷲摑みにする。

「うぬは獲物をおびきよせる餌。生きておればまだ使い道はある」

野卑に笑う等々力に向かって、おまんは気丈《きじょう》にも口答えをした。

「旦那、期待はずれにござんすよ。あのひとは来やしない。こんなあばずれのために、だいじな命を張るもんか」

「いいや、小暮清志郎はかならず来る。この傷をみよ」

等々力が指で触れた左鬢の下には、生々しい刀傷が見受けられた。

「あの莫迦は自分を見失い、このわしに斬りつけおった。悋気に狂うた男の顔が、今でも忘れられぬわ。小暮はな、腐れ女房を助けるために来るのではない。おのれの糞意地《くそいじ》を通すために来るのだ。ふん、哀れな男よ。どっちにしろ、地獄に堕ちるしかあるまいにな」

おまんは何をおもったか、つっと一歩踏みだし、等々力の顔めがけて唾を吐いた。

——ぱしっ。

等々力の平手打ちが飛ぶ。

おまんは鼻血を散らし、真横に吹っ飛んだ。

腐れ与力の面相は、茹《ゆ》でた海老よりも赤い。

小暮は腹の底から憤りをおぼえた。

「ぬおおお」

天に咆吼《ほうこう》し、物陰から躍りだす。

「うわっ、出よった」

与四三が叫んだ。

「小暮め、そこにおったか」

等々力は振りむきざま、腰の刀を抜きはなつ。

刃文は乱れた山鳥毛、上杉謙信が愛用したと伝えられる名刀だ。

「飛んで火にいる何とやら。おぬしにわしは斬れぬぞ」

不敵に笑う仇敵の顔が大映しになる。

「死ね、悪党」

小暮はふわっと宙に舞い、撃尺《げきしやく》の間合いを踏みこえた。

「ぬおっ」

一撃必殺の上段斬りが、等々力の面に襲いかかる。

——ざくっ。

面は外された。だが、胴を斬った感触はある。

「……と、獲ったか」

いや、等々力甚内は倒れない。

倒れるどころか、無傷だった。

裂けた着物の狭間から、鎖帷子《くさりかたびら》を引きずりだす。

「莫迦め、これしきの備えはしておるわ」

火盗改の与力ならば、当然の備えだ。

一方、小暮の刀には刃こぼれができている。

「紫電か。ふふ、初太刀で奥義《おうぎ》を繰りだすとはな。されど、あと三寸、切っ先が足りなかったのう」

いつのまにか、低い空には月が出ている。

先端を斜め上に向けた『山鳥毛』は、月を串刺しにしていた。

小暮は気を取りなおし、青眼の構えから乾坤一擲《けんこんいってき》の突きに出る。

「くりゃ……っ」

等々力の頬が裂け、鮮血が散った。

と同時に、小暮は脾腹《ひばら》を浅く掻かれる。

「ぬぐっ」

反転して刃をかち合わせるや、鍔《つば》迫り合いに持ちこまれた。

船の縁まで追いこまれ、凄まじい力で乗りかかってこられる。

「ぬおっ」

小暮は絶妙の呼吸で力を外し、こんどは反対に乗りかかった。

憎々しい面を圧《へ》し斬《ぎ》りにすべく、全身全霊を刃にかたむける。

――ぎりっ。

鋼と鋼が嚙みあい、二匹の鬼が火花を挟んで睨みあう。

吐く息は次第に荒くなり、喉は干上がっていった。

「待たんかい」

突如、与四三が叫んだ。

ぎろりと目玉を向ければ、おまんが羽交《はが》い締《じ》めにされ、白い喉元に匕首《あいくち》をあてがわれていた。

「遊びは仕舞いじゃ」

等々力は叫び、前蹴りを繰りだす。

小暮は腹を蹴られ、甲板に転がった。

すぐに立ちあがると、等々力が肩で息をしながら吐きすてた。

「これ以上、おぬしと遊んでおる暇はない。さあ、女房の命が惜しくば刀を捨てよ」

想像していたとおりだ。おのれの大義とおまんの命を天秤に掛けねばならない。

小暮は少しも迷わず、一歩退がって刀身を下に向けた。

「やめて、おまえさま」

おまんが泣きながら懇願する。

小暮は恭順《きょうじゅん》の態度をしめし、力無く微笑んだ。

「終わりだ、おまん」

もはや、気力は失せた。

「おまえさま、あきらめてはなりませぬ。わたくしのぶんまで生きてください」

おまんは凜然と発するや、みずから屈みこみ、喉を匕首に押しつける。

ぶしゅっと、血が噴いた。

「げっ、おまん」

小暮は血走った目を剝き、無防備に駆けだす。

――ばさっ。

等々力の袈裟懸けが待っていた。

「……む、無念」

小暮は吐きすて、甲板に額を叩きつける。

と、そのときだった。

「ひぇっ」

天空に赤々と炎が揺らめくや、水夫たちのあいだに動揺が走った。

海神の使者《つかわしめ》とでもおもったのか、両膝を屈して両手を合わせる者もいる。

水縄の端は本来の船首ではなく、艫寄りの甲板に設《しつら》えた杭に巻きついていた。

それに気づいた与四三が、縄を断つべく走った。

「下ろさへんで」

走りながら、匕首《あいくち》を翳す。

刹那《せつな》、松明が漆黒の海面めがけて投じられた。

蟬に立った人影が水縄にぶらさがり、一気に滑りおりてくる。

水縄に短い荒縄を引っかけて両端を握り、白煙を巻きあげつつ、猛然と落下してきたのだ。

「ひゃああ」

悲鳴をあげたのは、水夫たちだった。

「うえっ」

身構えた与四三の頭上を、強風が吹きぬける。

ひらりと甲板に下りたのは、蔵人介にほかならない。

「何で、おまはんが……」

発した与四三は髷《まげ》を摑まれ、ぐいっと引っぱられた。

匕首を闇雲に振りまわしても、蔵人介には届かない。

懐中から素早く銀煙管を抜きとられ、鼻を摘まれた。

「ぷはっ」

口を開くや、銀煙管を喉の奥まで捻《ね》じこまれる。

「ぐえっ、ごぶっ」

煙管の吸口が皮膚を破り、盆の窪から後ろに突きだした。

与四三は海老反りになり、銀煙管を咥《くわ》えた恰好でことされる。

「秋刀魚でなくて悪かったな」

蔵人介は吐きすて、背後の気配に首を捻った。

青眼に構えた等々力甚内が、どっしり腰を落としている。

「鬼役、矢背蔵人介。性懲りもなく、あらわれおったか」

「わしが艀に上った理由、わからぬようだな」

「何だと」

「舷の下を覗いてみろ」

「頼んだぞ」

蔵人介は言いおき、小暮のもとへ走った。

こちらも瀕死《ひんし》の重傷を負っているが、生きつづけたいという強い意志さえあれば何とかなるにちがいない。

蔵人介は屈みこみ、小暮の肩を抱きおこした。

「おい、起きろ。目を醒《さ》ませ」

頬を平手で叩くと、小暮は薄目を開ける。

「……お、おまんは……し、死んだのか」

「いいや、まだ息はある」

「……さ、されば、ひとこと……わ、詫びたい」

「傷が治ったら、気の済むまで詫びればよい」

「……い、今……わ、詫びねば、ならぬ」

気を失いかけた小暮の頬を、蔵人介はぴしゃりと叩いた。

「おぬしは死なせぬ。わしとの二十五年越しの勝負が、まだついておらぬからな」

「……わ、忘れておった」

小暮は笑いかけ、気を失ってしまう。

するとそこへ、源助が必死の形相で駆けてきた。

どうやら、漁船の一団が到達したらしい。

「旦那、小暮の旦那」

蔵人介は源助に小暮の介抱を任せ、遅れて甲板に乗りこんできた潮五郎のもとへ歩みよった。

みずから船団を率いてきた長老は、目鼻を皺に埋めて笑う。

「鬼役さま、大仕事をなされましたな」

「とんでもない。大仕事をやったのは、おぬしらのほうだ。潮五郎どののご決断は、並みのご決断ではないぞ」

舷の底を覗けば、樽廻船の水夫たちが縄を打たれているところだった。

鯨船で待機していた火盗改の役人たちも、すでに縄を打たれている。大漁旗を掲げた漁民たちの船に囲まれ、抵抗する術を失ったのだ。等々力とともに、さんざん甘い汁を吸ってきた連中だった。自業自得というべきだろう。

甲板の上や船倉に残っていた者たちも縄を打たれ、沙汰を待つ罪人のようにうなだれている。

潮五郎は胸を反らし、喉ちんこをみせて大笑した。

「ぬひゃひゃ。漁師が役人を縛るなんざ、前代未聞のはなしだて。八十年近くも生きてきて、これほど痛快なことはねえ。じゃがよ、どうするね。樽廻船にゃ故買品がわんさか積んである。こいつは証拠《あかし》の山にちげえねえが、お上としちゃ表沙汰にしたくはねえだろう」

長老が懸念するとおりだ。幕府の面目が掛かっている。秩序を守る番人であるはずの火盗改が悪事に加担したなどということは、世間に毛ほども知られてはならない。

悪事に関わった者たちは別の罪状で極刑に処せられ、幕閣の御歴々には等々力甚内の役目怠慢が招いた失態として上申されかねなかった。保身に長けた連中のやりそうなことだ。橘右近とて、例外とはなり得まい。

「下手すりゃ、藤掛兵部の罪は握りつぶされるかもしれねえ」

潮五郎は吐きすてる。

「いっち悪いやつが、しぶとく生きのこるって寸法さ。そうなりゃ、最悪だぜ。おれたちも、しっぺ返しを食うかもしれねえ。鬼役さま、いってえどうやって、藤掛兵部の罪をあばくおつもりだい」

潮五郎に問われ、蔵人介は平然と応じた。

「罪状をあばく気など毛頭《もうとう》ない。やることはひとつ」

「えっ」

潮五郎は絶句したが、すぐに晴れ晴れとした顔になった。

「ふふ、それでこそ鬼役さまだ」

侠気をみせた漁民たちには、けっして迷惑を掛けまい。

流れる叢雲《むらくも》に隠れゆく月を仰ぎ、蔵人介は胸に誓った。

十四

悪事をはたらいた連中は、樽廻船ごと船手奉行に引きわたされた。

捕縛された者のなかには火盗改の同心たちもふくまれており、船手奉行は扱いに困って町奉行に届けた。町奉行も手に余る出来事だったので月番の老中《ろうじゆう》へ上申され、月番の老中も困惑したあげく、幕閣の評定《ひようじよう》に掛けることとした。

評定は難航し、悪事に関わった者たちは重い刑に処せられるはこびとなったが、火盗改の関与は証拠不十分により見送られた。等々力甚内配下の者たちは「御役目怠慢」といった曖昧な罪状で罰せられる見込みとなり、頭の藤掛兵部にはしばらく

た。

大鷹や隼《はやぶさ》にくらべて寒さに弱い体質なので、雁や鴨などの冬鳥ではなく、雲雀《ひばり》や鶉を狙う。狙った獲物は外さない。先回りして天空に高く飛び、ひと筆で書きおろしたような軌跡を描いて降下する。

朝日丸の毛並みは、溜息が出るほど美しい。

尾には黒い帯が鮮やかに浮かび、大石打《おおいしうち》と呼ぶ尾羽の先端は濡れたように艶めいていた。真っ白な腹毛には橙褐色の横斑が見受けられ、鱗《うろこ》に覆われた足はいかにも獰猛《どうもう》そうだ。

後ろの懸け爪には、獲物の血が付いている。おそらく、さきほどの鶉は鳥がらみと称する真ん中の長い爪で羽根を引っかけられ、懸け爪の一撃で急所を刺されたにちがいない。

「こやつめ、一軍の将のごとき面構えじゃ」

家慶が近づいて顔を睨んでも、朝日丸はぴくりとも動かない。

頭は濃い灰色の毛に包まれ、頬の脇は橙褐色で、白い眉斑《びはん》がある。

嘴の付け根の青嘴《あおはし》は隆々と盛りあがり、遠くを見据える眼光は異様に鋭い。

無惨な殺戮《さつりく》を華麗にやってのける猛禽は、人を惹きつける魔力を秘めていた。

家慶も猛禽の魔力に魅せられた者のひとりだ。

有能な鷹を飼い慣らすことのできる将は、一国を統《す》べるに値するという。

はたして、家慶に国を統べるだけの器量があるのかどうか。

一介の鬼役には与りしらぬことだった。

——ぴゅっ。

勢子《せこ》から合図がきた。

草木がざわめき、黒い点のような鶉が宙に飛びたつ。

朝日丸は後ろ頭の鷲毛《わしげ》を逆立てるや、ばっと羽根をひろげて飛翔した。

「行け、捕らえてみせい」

家慶は餌掛けを振りまわし、荒武者のように前歯を剝きだす。

中空での闘いが繰りひろげられるなか、地上では大勢の者たちが蠢《うごめ》いていた。

雑司ヶ谷の御鷹部屋からは狩りの備えとして同心五十人余りが参じており、先手《さきて》鉄砲組《てつぽうぐみ》からも犬牽役《いぬひき》と称する者たちが参集している。犬牽役は獲物を追いだす犬を扱い、犬は御鷹部屋にある犬部屋で飼育されていた。

ほかにも、勢子役として近在の百姓たちが駆りだされている。百姓たちを束ねるのは中目黒村の村長《むらおさ》をつとめる鏑木善右衛門《かぶらぎぜんえもん》で、善右衛門は鷹場の御場拵えに関するありとあらゆる準備を取りおこなわねばならない。たとえば、鶉を温める人足の手配やら餌付用畑の整備やら害虫駆除といったたぐいのことだ。百姓たちは後始末の雑役も命じられており、鷹狩りの前後数日間は野良仕事ができなかった。

厄介で煩雑な役をそつなくこなしたからといって、褒美を貰えるわけではない。年貢米の軽減などはあり得ようはずもなく、田畑は広範囲にわたって馬に蹂躙《じゅうりん》されるので、善右衛門や百姓たちにしてみれば迷惑なだけのはなしだった。

それでも、手を抜くことはできない。下手を打てば首が飛ぶ。何しろ、相手は将軍なのだ。

善右衛門は御膳所の手配と賄《まかな》いも任されているので、家慶の毒味御用をおこなう蔵人介とも面識はある。両者には密接な関わりを保つことが求められており、蔵人介は中目黒村の善右衛門宅を事前に訪ねて、献立《こんだて》の打ちあわせなどもしていた。

その際、差配役として同席する者がひとりあった。

鳥見《とりみ》の菊田喜惣治《きくたきそうじ》である。

菊田は御拳場の鳥見小屋に拠《よ》る者ではなく、江戸府内の屋敷に詰める筋掛鳥見《すじかかりとりみ》の組頭だった。

本日の鷹狩りは、すべて菊田の仕切りとなっている。

鳥見は近在への助郷《すけごう》や餌の手配のみならず、鷹の扱いまで自由に裁量できた。鷹匠でさえも、口答えはできない。

そもそも、鳥見という役目は諸大名の動静を探るために設けられた。鷹の餌となる雀を捕まえると称し、鳥見は幕領のみならず諸大名の下屋敷や抱《かかえ》屋敷へ自在に出入りすることを許されている。一方、縄張り内では、寺社や百姓家の増改築から田畑の開墾《かいこん》や種蒔《たねま》きの指図、相撲や芝居の興行、はては道や橋の普請《ふしん》などにも口を出すようになった。

鳥見と言えば、横柄《おうへい》で面倒臭い相手と相場はきまっている。菊田も例外ではなく、役高は鬼役と同等の二百俵にすぎぬのだが、蔵人介などは歯牙《しが》にも掛けぬような態度で接してきた。

その菊田喜惣治も、近習たちの後ろに控えている。

額の向こう傷を自慢しているようだが、傷の由来はわからない。

みなで固唾《かたず》を呑んで首尾《しゆび》をみつめていると、朝日丸は涼しい顔で何度となく獲物を捕らえてみせた。

やがて、一行は御拳場を離れ、白金《しろかね》街道を経て芝へ向かう帰路をたどりはじめた。

祐天寺《ゆうてんじ》で中食《ちゆうじき》をとったあと、目黒不動へつづく行人坂《ぎようにんざか》の頂上にほど近いところまで進む。間道に沿って中目黒村のほうへ少し戻ったあたりだ。西にひらけた九十九《つづら》折《お》りの坂上に、歴代の将軍がかならず立ちよる茶屋はあった。

第三代将軍家光《いえみつ》の時世から「爺々《じじ》が茶屋」と呼ばれて親しまれてきた茶屋だ。丈の高い竹垣に囲まれており、門前に立てば「芙蓉《ふよう》の白峯《しらみね》」と歌に詠まれた富士の霊峰をのぞむことができた。門柱の掛け行灯には「富士見茶屋」とあり、門を潜れば松林に囲まれた四阿《あずまや》と毛氈《もうせん》の敷かれた床几が並んでいる。

主人の好々爺《こうこうや》は彦四郎《ひこしろう》といい、代々同じ名を名乗っていた。家光は初代彦四郎の人柄を愛してやまず、目黒筋へ鷹狩りにきた際にはかならず立ちより、銀一枚を与えたという。爾来《じらい》、心づくしのもてなしへの返礼として、歴代の将軍は銀一枚を親爺に与える習慣を守ってきた。

茶屋の名物は団子と田楽《でんがく》だが、家慶は空腹ではないらしく、喉のほうが渇いていた。

そこへ、機転の利く若者が給仕《きゅうじ》にあらわれた。

齢は十五前後であろうか。

家慶が毛氈に腰を降ろすや、磯の香りがする温《ぬる》い昆布茶を差しだす。

毒味役の蔵人介は役目柄、若者の一挙手一投足から目を離すことができない。

御前を離れて奥へまわっても、若者は誰に指図されるでもなく、あたりまえのようにみずから茶の仕度をした。

すでに、家慶は大きめの茶碗で昆布茶を呑みきっている。

若者は所望されるまでもなく、今度は御手洗《みたらし》団子と薄目の煎茶を出した。

家慶は串を摘んで団子を頰張りながら、若者の横顔をじっとみつめている。

朝日丸を睨んだときのような強い眼差しではなく、癒やされて満足に浸った者の慈《いつく》しみ深い眼差しだ。

わずかに好奇の色が混じっているのは、機転の利く若者への興味であろう。

なるほど、色白で見目《みめ》のよい賢《かしこ》そうな風貌をしており、茶屋の倅《せがれ》とはおもえない。

蔵人介はふと、石田三成《いしだみつなり》に因《ちな》んだ三献茶《さんこんちゃ》の逸話を頭に浮かべた。

秀吉が三成を見出したときの逸話だ。鷹狩りの帰路で喉の渇いている秀吉に、三成はまず温《ぬる》い茶を大碗で出し、渇きが癒えたあとはやや熱い茶を、そして仕舞いにはほんとうに熱い茶を出した。

俗説にすぎぬものの、家慶も三献茶の逸話を念頭に浮かべたにちがいない。

「もう一杯、所望いたそう」

重々しく言いはなち、若者を睨んだ。

そのとき、一陣の涼風が吹きぬけ、家慶の裾をさらっていった。

若者は叩頭《こうとう》して奥に消え、ほどなくして三杯目の茶をはこんできた。

これをひと口ふくんだ家慶は至福の笑みを漏らし、かたわらに控えた御小姓組番頭の橘右近に向かって「ここにも佐吉《さきち》がおったわ」と囁いた。

佐吉とは治部少輔《じぶのしょうゆう》三成の幼名である。

三杯目の茶が何か、毒味役の蔵人介は見抜いている。

蜜入りの熱い生姜《しょうが》茶であった。

床几の脇を吹きぬけた涼風から、家慶の身を温めねばならぬことに気づき、若者は生姜を連想したにちがいない。

しかも、三杯の茶をすべてみずからの裁量で淹《い》れてきた。

よくぞ、茶屋の親爺が給仕を許したものだと、蔵人介は驚きを禁じ得ず、是非ともその理由を問うてみたくなった。その場では回答を得られなかったものの、近習たちの誰もが予想したとおり、若者は家慶にすっかり気に入られ、小姓見習いとして城勤めを許されることになった。

家慶の大好物は、焼き魚の添え物になる生姜であった。蔵人介も近習たちも、それを知っている。将軍みずからの発した倹約令のあおりを受け、生姜が膳にのぼらなかった晩、家慶は烈火のごとく憤った。それほどの生姜好きなのだ。

将軍の好みなど若者には知る由《よし》もなかっただろうが、ともあれ、生姜茶を出したのは幸運だったというしかない。

若者の名は、佐太郎《さたろう》という。

没落した侍の子で、宮地《みやじ》という姓まであった。

茶屋の裏手に植えられた大松の太い枝には、親爺が若い時分につくった鞦韆《しゅうせん》がぶらさがっている。佐太郎はよちよち歩きのころから茶屋に遊びにきては、鞦韆と戯《たわむ》れていたのだという。血の繋がりはなくとも、茶屋の親爺にとっては孫も同然だった。

ともあれ、佐太郎は才に長《た》けた若者だった。

毒味作法を教えれば、ものになるかもしれぬ。

ひょっとしたら、自分をも凌駕《りょうが》する逸材かもしれぬ。

堂に入った立ち居振る舞いに目を細めながら、蔵人介は指南役を買ってでたいとまでおもっていた。

二

重陽《ちょうよう》の節句を境にして、武士も町民も袷《あわせ》から綿入れに衣替えをする。

市ヶ谷御納戸町の自邸では、温めた菊酒《きくざけ》を嗜《たしな》んだ。

鐡太郎は夕餉を済ませてすぐに休んだので、蔵人介は志乃と幸恵を面前にして、めずらしくも微酔《ほろよ》い加減で語りはじめた。

「一昨日、目黒の富士見茶屋にて上様の御給仕を任された若侍のことは、まだおはなし申しあげておりませなんだな。その者、宮地佐太郎と申し、齢は十五になります。上品な面立ちをしており、上様にたいして近習の方々も仰天するほどの心遣いをしてみせました。あれこそ、天賦《てんぷ》の才と申すべきものでござりましょう」

蔵人介が茶屋での経過をつぶさに伝えると、幸恵は素直に驚いてみせたが、志乃のほうはいぶかしげに眉をひそめた。

「治部少輔三成の逸話を想起し、上様が下々の者を中奥勤めの小姓見習いに引きあげなされたと申すのか。ふん、よくできたはなしじゃな。して、誰《たれ》ぞ、その者の氏素姓は調べたのか」

「はい。中目黒村の鏑木善右衛門どのがよく存じております」

佐太郎は母親とふたりで、茶屋坂を下りたさきにある千代《ち よ》ケ崎《が さき》の百姓家を借りて住んでいた。

「母御は、和《かず》どのと申されます。何でも、高家《こう け》の重臣をつとめたことのあるお方の娘御だとか」

「ほう」

善右衛門によれば、和の父は当主の勘気《かん き》を蒙《こうむ》って役を解かれ、家は改易に追いこまれたという。改易の原因《もと》となったのが、ほかでもない、高家の用人と道ならぬ仲になった和の駆け落ちだった。

「和どのは勘当され、実家から離れて暮らすようになりました。夫となった相手は剣におぼえがあったらしく、とある町道場の師範代に推輓《すいばん》されるはこびとなったそうです。ところが、市中で酔っぱらい同士の喧嘩沙汰に巻きこまれて、呆気なくも命を落としてしまったのだとか」

佐太郎が生まれてすぐのはなしだ。和は乳飲み子を抱えて、途方に暮れた。散々迷ったすえに、自分のせいで没落してしまった実家を訪ねたところ、老いさらばえた父親がほとんど廃屋と化した隠居屋敷にたったひとりで暮らしていた。

それでも孫の顔をみせると、心の底から喜んでくれたという。表情にも生気が蘇り、みずからの伝手《つて》をたどって、娘の食い扶持を探してくれた。行人坂上にある播《はり》磨《ま》国三日月《みかづき》藩を治める森《もり》家の奥向きへ、和の得意な有職故実《ゆうそくこじつ》や行儀作法を教えられるように段取りしてくれたのだ。

そののち、父は安堵したのか、眠るように亡くなってしまったが、和は森家の奥向きに通いながら必死に子を育てあげた。

「佐太郎どのは、母御の慈しみを受けて育ったお子なのですね」

本日早朝、千代田城より千代ヶ崎の百姓家へ、迎えの駕籠が送られた。

「拙者は橘右近さまより立ちあいの命を受け、急遽《きゆうきよ》、御使いの方々とともにお城から出向きました」

登城一日目となる晴れの日は、母と子が別れねばならぬ日でもあった。

粗末な百姓家の周辺は門出の祝いに駆けつけた村人たちで埋めつくされたが、佐太郎を乗せた駕籠が出立する段になると、子別れに感極まった者たちの噎《むせ》び泣きが聞こえはじめた。

ただ、気丈《きじよう》な母だけは人前で泣かず、身じろぎもせずにわが子を送りだした。

そののち、人目を忍んで勝手口に向かい、裏の物陰でさめざめと泣いていたのだという。

蔵人介は悲しむ母の様子をつぶさにみていたので、喋りながらも声が震えてしまうのを止められなくなった。

幸恵は鐵太郎のことをおもってか、貰い泣きをしている。

志乃も目を赤くさせながら、静かに尋ねてきた。

「母御とは、おはなしできたのかえ」

「はい。善右衛門どのにご紹介いただきました。和どのは拙者の手を取り、なにとぞよしなにと仰いました。高家御重臣のご令嬢だけあって、苦労の痕跡を毛ほども感じさせぬ気品を備えておいでで。子の佐太郎を富士見茶屋に奉公させたのは、いずれ今日のごとき幸運にめぐりあえるやもしれぬとおもったからだと、正直に教えてもいただきました」

「なるほど。狙いどおり、上様のお眼鏡《めがね》にかなったというわけか」

「さように考えれば、何やら浅ましい気もいたしますが、御家の再興を願う母親の心情をおもえば致し方のないことかと」

志乃はじっくりうなずく。

「わからんでもない。わたくしが母御の立場なら、同じことをしたやもしれぬ。されど、何故、鬼役のおぬしが、佐太郎と申す若者にそれほど肩入れいたすのか。合《が》点《てん》がいかぬのは、そのことじゃ」

「『あの者に毒味作法を教えるのも一興じゃ』と、橘さまがさように仰いました」

「ほう、橘さまがのう」

志乃は、きらりと眸子《まなこ》を輝かせた。

幸恵は反対に、不安げに顔を曇らせる。

蔵人介は平静を装い、淡々とはなしをつづけた。

「小姓衆をとりまとめるのは、橘さま本来のお役目。それゆえ、宮地佐太郎の行く末も橘さまに一任されておるのでござります」

「その橘さまが、鬼役にすればよいと仰せになった。それで、おぬしも門出となる日に目黒の百姓家まで出向いたと」

「いかにも。『当面は小姓見習いとして城勤めに励むことになろうが、器量を見極めたうえで役目替えをおこなうやもしれぬ。そのときは心しておくように』と、橘さまに耳打ちされましてござります」

「して、おぬしはどう応じたのじゃ」

「仰せのままにと」

「ふうむ」

志乃は眉の端を吊りあげ、かたわらの幸恵を充分に意識したうえで問うてきた。

「それはいずれ、矢背家の養子に貰うということか」

蔵人介は乾いた口許を舐め、掠れた声を絞りだす。

「まだ、気の早いことにござります。ただ、あり得ぬはなしではござりませぬ」

志乃は力んだ肩を落とし、ほっと溜息を吐いた。

「おぬしが才を見抜いたのであれば、今から考えておくべきことやもしれぬ。のう、幸恵どの」

ふいに同意を求められ、幸恵は戸惑った。

矢背家に養子がはいるということは、とりもなおさず、鐵太郎が跡取りの座から滑りおちることを意味する。

継いだところで、たかが二百俵取りの毒味役にすぎぬ。他人にくれてやっても悔いはないほどの役目とは申せ、矢背家を継ぐべく懸命に努力している鐵太郎のことが、母親としては不憫《ふびん》でならない。

もちろん、蔵人介にも志乃にもわかっている。

ことに志乃は、すべてを見通したうえで、冷徹な判断を下そうとしていた。

「いずれ、決断せねばならぬときがくる。幸恵どの、いざというときは情を捨て、心を鬼にせねばなりませぬぞ」

志乃とて、孫は可愛い。血の繋がりはなくとも、鐵太郎は紛《まご》う方なき矢背家の男児である。それゆえか、志乃の口調には多少の惑いがふくまれているように感じられた。

幸恵は袖口でそっと涙を拭《ぬぐ》い、ゆらりと立ちあがる。

そして、昼間に買いもとめていた綿を持ち、暗い庭先へ下りていった。

「着《き》せ綿《わた》かえ。すっかり忘れておった」

志乃も立ちあがり、縁側へ歩を進める。

虫の音は聞こえなくなったが、空には月が輝いていた。

幸恵は志乃や鐵太郎といっしょに育てた菊の鉢に近づき、綿をちぎっては花のうえに載せていく。

明日、朝露で湿った綿で顔を拭えば、老いを去ることができるという。

菊花に綿を着せる風習がいつごろはじまったのか、しかとはわからない。

ただ、着せ綿が少しでも幸恵の涙を吸ってはくれぬかと、蔵人介は祈らずにいられなかった。

三

城中、笹之間。

長月十三夜は後の月、大奥では中秋と同様に月見の宴を催す。

中秋の名月が雲隠れした無月の年でも、この夜の月だけを愛《め》でて「片月見《かたつきみ》」として忌み嫌われることはない。

ただし、将軍家慶はいつもどおり、中奥西端の御小座敷にて夕餉をとる。

御膳に並ぶ献立も、菊花と栗にちなんだものを除けば、平常とさして変わりない。

酒の肴は小鰯を干したいりこの茄子和《あ》え、猪口には小鮒《こぶな》と昆布巻きの煮浸しが載る。魚河岸辺りの居酒屋でも出てきそうな品々だが、御前鰯や御前昆布は鮮度がちがう。

一の膳の汁は焼いた白身魚を柚子《ゆず》風味で、透きとおった細魚《さより》は焼き松茸と煎り酒山葵《わさび》で食す。平皿の雁は塩占地《しめじ》と皮牛蒡で、ほかの平皿には木耳《きくらげ》の玉子とじや賽《さい》の目に切った豆腐と小鴨《こがも》などが並んだ。白髭《しらひげ》の穴子《あなご》、深川の剝《む》き身、御蔵蜆《しじみ》、駒込《こまごめ》の茄子などといった府内近郊の産物もめだつ。

一方、大皿に載った鮎《あゆ》の葛葉《くずは》焼きは加賀前田家から献上の一品。包丁方によれば、鮎の腸《はらわた》をとって味噌を詰め、葛の葉に包んで上下の火で焼くのだという。

焼き魚に添えられた生姜は、もちろん、谷中《やなか》の御前生姜だ。

二の膳のお椀は鯉《こい》こく、百薬の毒を解するという味噌は江戸味噌と定まっている。大豆一石《こく》に米麹《こうじ》一石二斗《と》を贅沢に混ぜた味噌からは、独特の甘い風味が漂ってきた。

次第に深まる秋らしく、椎茸、木耳、岩茸《いわたけ》などの刺身も供され、鰆の塩焼きと付け焼きも供される。

さらに、真鯛の尾頭付きが登場するや、蔵人介は手際よく骨を取っていった。

御膳のしめは、さっぱりした柚子切りの新蕎麦《そば》である。

香りの強いものの毒味は、とくに心して掛からねばならない。

そして、甘味は煮梅の砂糖漬け。本石町《ほんこくちよう》の『金沢丹後《かなざわたんご》』から献上された煉《ね》り羊《よう》羹《かん》も付いている。

蔵人介はすべての毒味を終え、箸を静かに措《お》いた。

「お見事でござる」

手も叩かんばかりにして褒めるのは、新参者の祖父《そぶ》江《え》彦三《ひこぞう》である。

無役の小普請組《こぶしんぐみ》に五年も捨ておかれ、ようやく手にしたのが鬼役だった。知りあいは「おめでたい」とは言わず、同情を隠せぬ顔で「気張らぬように」と声を掛けてきたという。祖父江にしてみれば、鬼役は出世の糸口にするための腰掛け役にすぎず、どうしても覚悟の甘さが感じられた。

それでも、蔵人介の箸づかいには魅了されたようだ。

「いやはや、眺めておるだけでも冷や汗が出てまいります。鬼役は奥が深い」

「お静かに。まだ終わったわけではござらぬ」

「えっ、ほかにも膳が出てまいるので」

「膳は出てまいらぬ」

ただし、不測の事態に備えねばならぬ。

祖父江は首を捻った。

「不測の事態でござるか」

笹之間へ運ばれる手のこんだ料理の数々は、鬼役の毒味を経て「お次」と呼ぶ隣部屋へ運ばれる。「お次」には炉《ろ》が設《しつら》えてあり、汁物や吸い物は替え鍋で温めなおす。さらに、すべての品は梨子地金蒔絵《なしじきんまきえ》の懸盤《かけばん》と呼ぶ特別の膳に並べかえ、公方の待つ御小座敷へ運んでいかねばならない。

「御小座敷までは遠ござる。配膳を命じられた御小納戸方や御小姓は、長い廊下を足早に渡っていかねばなりませぬ。途中で懸盤を取りおとしでもしたら、首が飛ぶことも覚悟せねばならぬ」

転んだ拍子に汁まみれとなり、味噌臭い首を抱いて早桶におさめられ、平川《ひらかわ》門をくぐった不調法者《ぶちょうほうもの》も過去にはあった。

「まことにござるか」

祖父江は目を丸くする。

薹《とう》が立っているとはいえ、相番は新参者にまちがいない。新参者の躾《しつけ》は最初が肝心。はなしを多少は大袈裟にしてでも、厳しい態度で脅しつけておかねばならなかった。

「部屋の外で何があろうとも、微動だにしてはなりませぬ。動かざること山のごとし。この決式《きめしき》を守ることができねば、即刻、笹之間からご退出願うこととなりましょう」

祖父江は黙った。

脅しが利きすぎたのかもしれぬとおもった矢先、平常とは異なる跫音が廊下の向こうから近づいてきた。

蔵人介は、わずかに眉根を寄せる。

部屋の外で何かあったにちがいない。

跫音はさらに大きくなり、温め衆の控える隣部屋へ躍りこんでいった。

「不調法者め、萩之御廊下で滑りおったわ」

聞こえたのは焦燥に駆られた何者かの第一声だけで、あとは耳を澄ませても聞こえぬほどの低声で小納戸方に何か指示のようなものを与えている。

「矢背どの」

「しっ、お黙りなされ」

祖父江は狼狽《うろた》えつつも、浮かせかけた腰を落とす。

と、そのとき、背後の襖が左右に開き、小納戸衆が膳に鯉こくの椀ひとつ載せてはこんできた。

襖陰には、古参の近習がひとり控えている。

隣部屋へ躍りこんできた人物であろう。

ちらりとみただけで、誰かはわかる。

小姓組組頭の井村七郎兵衛《いむらしちろべえ》であった。

面識はあるが、親しく会話を交わす仲ではない。

野心旺盛で上への受けもよく、順当に出世街道を進んできた者のひとりだ。

暗がりでも、血の気《け》が失せた顔をしているのがよくわかる。

さきほどのはなしぶりから推すに、組下の小姓が廊下で足を滑らせ、鯉こくの椀をひっくり返したのであろう。

文字どおり、転んだ拍子に汁まみれとなったのだ。

下手をすれば、その「不調法者」は味噌臭い首を抱いて早桶におさめられ、平川門をくぐらねばならなくなる。

当然のごとく、組頭の井村も責任を問われよう。

それゆえ、何事もなかったように事を丸くおさめようと必死になっているのだ。

蔵人介はそこまでの筋を読みながらも、何ひとつ疑念を挟むこともなく、出された新たな椀に手を伸ばした。

だが、折悪しく、汁の表面に鼠の糞らしきものが落ちている。

さりげなく指摘すると、若輩の配膳方は顔を真っ赤に染めた。

「……も、申しわけござりませぬ」

すぐに膳を持ち、退出していこうとする。

井村が片膝を立て、刺すような勢いで怒鳴りつけた。

「何をぐずぐずしておる」

「は、鼠の糞が」

そう言ったきり、配膳方は固まった。

井村は騒々しく隣部屋へ引っこみ、みずから新たな椀を懸盤そのものに載せてはこんでくる。

懸盤を面前に置かれても、蔵人介は微動だにしない。

「何をしておる。早う毒味せぬか」

恫喝《どうかつ》されても怯《ひる》まず、平然と応じてみせた。

「作法が整っておりませぬ」

「何じゃと。役高一千石の御小姓組組頭に意見いたすか。この鬼役づれが」

「一千石であろうと、一万石であろうと、笹之間での作法はお守りいただかねばなりませぬ。どうか、お控えを。定められた者に御膳をはこばせてくだされますよう」

「ええい、石頭め。おぬしでは埒が明かぬ」

井村は懸盤を持って振りかえり、祖父江の鼻先に椀を突きだした。

「呑め。おぬしも鬼役であろう」

「はっ」

祖父江は椀を受けとり、ひと口啜ってみせる。

「だいじないか」

と聞かれ、こっくりうなずいた。

これで毒味は済んだとばかりに、井村は懸盤を掲げて笹之間から退出する。

開けはなたれた襖の向こうには廊下がみえ、雨戸の隙間からはわずかに欠けた栗《くり》名月《めいげつ》がみえた。

祖父江は平常心を失っている。

「きっと何か凶事があったに相違ない。拙者は井村さまに命じられたとおり、お換えの椀を呑んでしまった。あれで、よかったのでござろうか」

問われても、蔵人介にはこたえる術《すべ》がない。

祖父江は尿意を催し、部屋から出ていってしまった。

そのまま消えてしまえと念じつつ、蔵人介は事の経緯を頭に描く。

井村が上手くやれば、配下の不調法は表沙汰にならずに済むかもしれない。

配膳方が滑って転ぶのはよくあるはなしではないが、手際よく処理すべき事態ではあるので、それならそれで波風を立てる必要もなかった。「不調法者」が腹を切らねば、それに越したことはない。内々のお叱り程度で済めば、この一件は落着となる。

ただし、ほかに不調法を目にした者があったときは、少しはなしが厄介になってくるかもしれない。井村としてはその者、あるいは、その者たちの口止めもしなければならないからだ。

佐太郎が登城して早々の出来事だけに、蔵人介は不吉な予感にとらわれた。

もちろん、佐太郎は難しい配膳方をまだ命じられてはおるまい。

ゆえに、井村の言った「不調法者」でないことだけはわかる。

しかし、厄介事に巻きこまれるのではないかという不安は否めない。

不安を助長するような出来事が、みなが寝静まった真夜中に起こった。

同朋衆《どうぼうしゅう》のお城坊主がひとり、厠で首を縊《くく》ったのである。

四

首を縊ったお城坊主の名は杢阿弥《もくあみ》、城内を鼠のように行き来し、大名たちに取り入っては甘い汁を吸っている。目端が利くので重宝がられてはいるものの、信用されてはいない。そんな輩だ。

名を教えてくれたのは、公人朝夕人の土田伝右衛門だった。

いつもの厠に至急会いたい旨の目印を残しておいたところ、一刻もせぬうちにすがたをみせた。

朝餉の毒味御用を済ませ、帰り仕度に取りかかったころのはなしだ。

お城坊主が首を縊った噂は翌朝には中奥じゅうに流れていたものの、箝口令《かんこうれい》が敷かれていたので、詳しい経過を知る者は周囲にいなかった。また、萩之御廊下で鯉こくをこぼした一件と関連づける者もおらず、笹之間周辺は嘘のように静まりかえっている。

伝右衛門の待つ厠は、もちろん、杢阿弥が首を縊ったところではない。

凶事のあった厠は奥坊主部屋のある御風呂屋口御門のそばにあり、今は固く戸が閉じられているようだった。

「噂の芽はことごとく摘む。臭いものには蓋というわけか」

蔵人介が水を向けると、伝右衛門はうなずいた。

「不調法者が鯉こくを御廊下にぶちまけたはなしは、橘さまのお耳にもはいっていたご様子でしたが、まあ捨ておけとのことで」

「されど、杢阿弥が首を縊ったとなると、捨ておくわけにもいくまい」

「そう仰いますが、はたして、杢阿弥の死と鯉こくの件が結びつくのかどうか」

「橘さまは何と」

「はて。いまだ、ご指示を受けておりませぬが」

「おぬしのことだ。ひととおり調べたのであろう」

鎌を掛けると伝右衛門は片頬で微笑み、いっそう声をひそめる。

「首を縊った杢阿弥は、紫色に晴れあがった両方の瞼《まぶた》が目をふさぐように垂れさがっておりました」

「みたのか」

「はい。検屍《けんし》に駆けつけた奥医師《おくいし》の背後からそっと。あれはあきらかに、撲《なぐ》られた痕でござります。何者かに責められたのでござりましょう」

すかさず、蔵人介はたたみかける。

「責めた者の心当たりは」

「焦りなさるな。心当たりはござります。ご想像のとおり」

「小姓組組頭の井村七郎兵衛か」

「おそらくは」

伝右衛門は、ぐっと握った拳に目を落とす。

「左の拳に布を巻いておりました。断定はできかねますが、たぶん、あの拳で撲ったのでござりましょう」

杢阿弥は「不調法者」を目にしたにちがいない。そして、井村に口止めされたにもかかわらず、坊主仲間に不調法の顚末をおもしろおかしく吹聴《ふいちょう》した。と、蔵人介は筋を描く。

「それが噂でちらほらとひろまりかけ、井村の耳にもはいり、杢阿弥は約束を破ったかどで責めたてられた」

「まあ、そんなところでござりましょう」

首吊りを強要されたのかどうかは判然としない。ただ、杢阿弥が死んだことで「不調法者」の噂はそよとも聞こえなくなった。

「それがしとて、鯉こくをぶちまけた小姓が誰かは知りませぬ。杢阿弥も、その者の名だけは仲間に漏らさなかったようで」

肝心なことは隠し、あとで強請《ゆすり》のネタにする。阿漕《あこぎ》なお城坊主の考えそうなことだ。

伝右衛門が、つっと身を寄せてきた。

「矢背さま、ひとつお聞きしても」

「何だ」

「何故、この件にこだわりなさる。ひょっとして、新たに城勤めとなった小姓見習いのことが案じられるのでは」

図星《ずぼし》だ。さすが、伝右衛門だけある。

「そうであるならば、杞憂《きゆう》とは言い難いかもしれませぬ。何せ、宮地佐太郎なる者、井村さまの組下に入れられた様子にござります」

「まことか」

心ノ臓が締めつけられ、息苦しくなってきた。

「今は、何も起こらぬことを祈るしかありますまい」

伝右衛門は冷めたことばを残し、煙のごとく消えてしまう。

蔵人介は、城勤めとなった佐太郎が初日にみせた顔をおもいだした。

極度の緊張のせいか、肩が力みかえり、顔を真っ赤に火照《ほて》らせていた。

蔵人介はそっと歩みより、掌《てのひら》に「人」という字を書いて舐めてみろと諭してやった。

佐太郎は子どもだましの助言を素直に聞き、掌を舐めてにっこり笑ってくれたのだ。

そして、橘右近から授けられたという台詞を口にした。

「河豚毒に毒草に毒茸、なんでもござれ。死なば本望と心得よ」

紛れもなく、それは毒味を家業とする矢背家の家訓にほかならない。

佐太郎は橘から鬼役が役にのぞむ覚悟のほどを指南され、心が打ちふるえるほどの感銘を受けたと告げた。

「いずれは、矢背さまの下でお役目に励みたい。おかげさまで、さような夢を描くことができました」

などと、嬉しいことも言ってくれた。

「夢か」

立派な心掛けだ。

それでこそ、矢背家の養子に迎えたいと望んだ甲斐《かい》があるというもの。

内心ではそうおもいつつも、蔵人介は口に出さなかった。

鐵太郎の物悲しげな顔が、ふいに脳裏を掠めたからだ。

佐太郎は今日も、小姓部屋に出仕《しゅっし》しているはずだった。

もちろん、用事もないのに顔を出すわけにはいかない。

蔵人介は後ろ髪を引かれるおもいで、城をあとにしなければならなかった。

五

その日は帰宅してからも落ちつかない時を過ごさねばならず、蔵人介は鬱々《うつうつ》としながら夕餉の膳についた。志乃や幸恵も妙だと感じてはいる様子だったが、敢えて気に掛けないようにしてくれた。

灯《ひ》ともし頃、義弟《おとうと》の綾辻市之進《あやつじいちのしん》が訪ねてきた。

唐突の来訪なので、胸騒ぎを禁じ得なかった。

案の定、市之進は姉の幸恵に会いにきたのではなく、折り入って蔵人介に報告したいことがあるという。

客間に招じると、幸恵が気を利かせて酒膳をはこんできた。

市之進は途端に顔をしかめてみせる。

「姉上、お役向きのことゆえ、御酒《ごしゆ》は遠慮いたします」

そう言ったきり口を噤《つぐ》んだので、幸恵はそそくさと出ていった。

酒の代わりに茶がはこばれてくるまでのあいだ、部屋には重苦しい空気がたちこめることになった。

「義兄上《あにうえ》、由々しきことが起こりました」

「いったい、何事だ」

「心してお聞きくだされ」

「もったいぶるでない」

「されば、申しあげます。御小姓見習いの宮地佐太郎が乱心《らんしん》いたしました」

「何だと」

先輩格の小姓である柚木文悟《ゆずきぶんご》を斬り、瀕死《ひんし》の深傷《ふかで》を負わせたという。

蔵人介は耳を疑った。

凶事があったのは二刻ほどまえのことで、徒目付の市之進は橘右近に立ちあいを命じられた。さらに、事の経緯を蔵人介に至急報告するようにと言いつけられ、城から飯田町の自邸にも帰らずに馳せ参じたらしかった。

「拙者が御小姓組組頭の控え部屋に駆けつけたとき、柚木文悟は御小姓たちの手ではこびだされたあとでした。宮地佐太郎は畳に両手をついて顔もあげられず、顎を震わせながらかしこまっておりました」

面前に血の付いた脇差が置かれており、床の間のある上座寄りの畳に血溜まりができていたという。

「組頭の井村七郎兵衛さまのおはなしによれば、尋常ならざる叫び声が聞こえたので控え部屋へ踏みこんでみると、宮地が柚木を斬ったあとだったとか」

踏みこんだときは、すでに惨状と化していたと、井村は強調したらしい。

「ふたりのほかには、誰も部屋におらなかったと申したのだな」

「はい」

「それを信じたのか」

「組頭の証言ゆえ、信じぬわけにもまいりませぬ」

「して、佐太郎はいかがした」

「ひとまずは、橘さまの御屋敷に預けおくことと相成りました」

「さようか」

橘邸預けと聞いて、いまだ一刻の猶予があることを悟り、蔵人介はほっと安堵の溜息を吐いた。

「佐太郎の様子はどうだ」

「喋るのもままならぬようで、落ちつきを取りもどすのに、少なくとも一両日は掛かるかと」

「可哀相にな」

市之進はそのことばに反応し、膝を躙りよせてきた。

「義兄上、宮地佐太郎は近い将来、鬼役に育てるかもしれぬ逸材《いつざい》とお聞きしました」

「橘さまが仰せになったのか」

「はい。御鷹狩りの帰路、富士見茶屋で上様が直々にお声を掛け、御小姓見習いとしてお城勤めをしはじめた経緯もお聞きしました。そのこともあり、さてどうしたものかと、じつは悩んでおります」

「何を悩む。佐太郎が乱心のあげく凶事におよんだなどと、まさかそのようなばかげたはなしを信じておるのではあるまいな」

「むしろ、逆かもしれぬと疑っております」

「乱心したのは柚木のほうだと、そう申すのか」

市之進はうなずき、首をかしげながら喋りだす。

「宮地佐太郎は、腰に自分の脇差を帯びておりました。柚木を傷つけた脇差は宮地のものではなく、あきらかに、柚木本人のものにござります」

「なるほど。乱心したのは柚木文悟のほうで、佐太郎は止めにはいって揉みあいになったあげく、柚木を傷つけてしまった。その筋もあり得るわけだな」

「はい。と申すのも、宮地は左右の掌に刀傷を負っておりました。ひょっとしたら、素手で脇差の刃を摑んだのやもしれませぬ。ほかにも、柚木の右肩が外れておったという気になる奥医師の証言もございます。そのあたりは、今一度詳しく調べてみる必要があろうかと」

さらに、市之進は重要なことを述べた。

「萩之御廊下で鯉こくをぶちまけた不調法者、それは柚木文悟であったと判明いたしました」

「何と、そうであったか」

李阿弥と仲の良いお城坊主に再度問いただしたところ、柚木文悟の名を吐いたのだ。

「柚木の不調法を、組頭の井村は隠蔽《いんぺい》しようとした。ところが、口止めしたはずの李阿弥は首を縊って死んでしまった。悩んだあげく、柚木は翌夕になり、井村を問いただしたのかもしれぬ。なぜ、李阿弥を死に追いやったのかとな。死んだ者のことなど忘れてしまえと叱られ、柚木はおもわず刀を抜いた」

「拙者も同じ筋を描きました。李阿弥の死が乱心をきたす理由になったことは、十分に考えられます」

ただし、乱心したのが柚木文悟のほうであったとしても、佐太郎が殿中で脇差をふるった事実を消すことはできない。

蔵人介は粘った。

「致し方のない情況であり、佐太郎に非がないと判明いたせば、斟酌《しんしゃく》の余地もあろう」

「たしかに、あるやもしれませぬ。運に恵まれれば、腹なぞ切らずに済みましょう。ただ……」

「ただ、何だ」

「柚木文悟の命が尽きたら、どうなるかわかりませぬ」

喧嘩両成敗という侍の定式にしたがえば、佐太郎の切腹は回避できなくなってくる。

「ふうむ」

蔵人介は唸った。

どちらに転んでも危うい。佐太郎は針の筵《むしろ》に座らされているようなものだ。

蔵人介は出口のない暗闇で彷徨《さまよ》っている感覚に陥った。

市之進が下から覗きこんでくる。

「義兄上、拙者は明日、御目付の鳥居《とりい》さまに随伴し、宮地佐太郎の取調《しらべ》に向かわねばなりませぬ。何ぞ、申しつたえることがあれば仰ってください」

「気を確かに保《も》て。真実《まこと》は何よりも強い。真実を語るのだと伝えてくれ」

絞りだすように言うと、市之進は「承りました」と頭を下げ、姉の淹れた茶には口もつけずに部屋から出ていった。

六

翌日、市之進がふたたび訪ねてきて、佐太郎は頑《かたく》なに口を噤み、何ひとつ喋ろうとしないと告げた。橘右近は、蔵人介が接見すれば口を開くかもしれぬと助言したが、これには目付の鳥居耀蔵《ようぞう》が良い顔をしなかった。

厄介事を起こした幕臣の調べをおこなうのは、あくまでも目付の役目であり、鬼役なんぞのしゃしゃり出る幕はない。言語道断であると正論を吐き、目上の橘を苦笑いさせたらしかった。

このままだと、佐太郎を「乱心」と決めつけた井村七郎兵衛の証言をもとに裁くしかなくなってしまう。

不穏な雲行きを打ちはらうべく、蔵人介は再三にわたって接見の許可を求めた。

橘の口添えや市之進の熱意も功を奏し、鳥居から接見の許可が下されたのは十八日のことだった。

駿河台の橘邸へ預けの身となってから、すでに四日が経っている。

佐太郎は咎人の扱いこそ受けていないものの、橘邸の北端にある殺風景な離室《はなれ》に軟禁されていた。

食事も喉を通らないようで、げっそり窶《やつ》れている。

それでも、蔵人介のすがたを認めると眸子を輝かせ、訪ねてきてくれたことに感謝の意をあらわした。

自分がおもっている以上に慕われていることを知り、蔵人介は感極まってしまう。

出会ってまだ日が浅いというのに、激しく心を揺さぶられた。

憐れみやら切なさやらが湧きあがり、胸が潰されそうになる。

なぜ、こんな気持ちになってしまうのか。不思議といえば、不思議なはなしだ。

それはおそらく、万人にひとりかもしれぬ天賦《てんぷ》の才を見抜いたからにちがいない。

才能のある者がつまらぬ凶事に巻きこまれたことが腹立たしく、どうにかして命だけでも救いたいと、蔵人介は願ってやまなかった。

接見の場には、調べ役として市之進も加わった。

佐太郎の発言は、裁きの際に考慮される。そのことを断ったうえで、蔵人介は実子に対するかのように、慈しみの籠もったことばを投げかけた。

「何があったか、正直にはなしてみよ」

こちらの熱い気持ちが伝わったのか、佐太郎の眸子からは止めどもなく涙が溢れてくる。濁流に耐えつづけてきた堰《せき》が切れ、顔に出さぬように我慢してきたおもいのたけが一気に噴きだしてきたかのようだ。

佐太郎はひとしきり泣いたあと、しっかりとした口調で語りはじめた。

「あの日、わたしは組頭の井村さまに命じられ、組下の方々へ用事を伝達するお役目をやらせていただいておりました。夕餉のお仕度に取りかかる頃合いのこと、井村さまのお控え部屋へおもむいてみますと、どなたかと口論している声が襖越しに聞こえてまいりました」

しばらくは遠慮していたが、突如、苦しげな唸り声が聞こえ、すぐさま、井村が「狼狽《うろた》えるな」と発するのを聞いた。のっぴきならない事態と察し、佐太郎は「御免」と断ってから、襖を開けて部屋に踏みこんだ。

「すると、柚木文悟さまが脇差を右手に掲げられ、井村さまに斬りかかろうとしていました。わたしは咄嗟に駆けより、背後から柚木さまを組みとめたのでございます」

そのあとのことは、よくおぼえていないという。

揉みあったすえに脇差を奪いとり、気づいてみれば、柚木に深傷を負わせていた。

蔵人介は、沈着な態度でさきをうながす。

「井村七郎兵衛は一部始終をみておったのだな」

「はい。惨劇の直後、ご指示も受けました」

「何と指示された」

「『この場で神妙にしておれ』と仰せになり、井村さまは部屋から出ていかれました」

部屋を退出したあと、井村がどのような証言をしたのか、佐太郎は誰からも聞かされていなかった。

蔵人介は躙《にじ》りより、ぐっと顔を近づける。

「井村七郎兵衛は、おぬしを裏切りおった。乱心したのは柚木ではなく、おぬしだと主張しておるのだぞ」

「えっ……そ、それは、まことでございますか」

「ああ」

うなずく蔵人介の顔を、佐太郎は穴が開くほどみつめた。

「おぬしの申したことが真実なら、井村は咎めを免れぬ。それゆえ、嘘を吐《つ》いたにちがいない。みずからの保身しか考えぬような輩だ。そんな上役を守ることはない。おぬしは脇差を掲げた柚木文悟をみても逃げようとせず、果敢に素手で立ちむかった。そのことが、井村の命を救うことにもなった。誰が聞いても、あっぱれと褒めてしかるべきおこないだ」

剣術におぼえのある古参侍でも、これほどの対応はできまい。

どう考えても、十五の小姓見習いがやったこととはおもえなかった。

やはり、持って生まれた並々ならぬ才覚が、侍として取るべき道を取らせたのであろう。

「佐太郎よ、詮議《せんぎ》の場でも堂々と身の潔白を主張するのだ」

「はたして、それでよいのでしょうか」

「何を迷うておる」

一拍間を置き、佐太郎は毅然と言いはなった。

「幼いころから、母に教えられてまいりました。『侍の子なら、いかなるときも、けっして自分を利するようなことを口にしてはならぬ』と」

蔵人介は、ぐっとことばに詰まった。

佐太郎は母の教えを守り、ひとことも喋らずに四日間も耐えてきたのだ。その健気《けなげ》さが、悲しすぎるほどいとおしく感じられた。

「案ずるな。誰が何と言おうと、おぬしは正しい」

蔵人介は必死で慰めのことばを探し、どうにかことばを絞りだす。

「きちんと食事をとり、泰然と構えておれ。わしがきっと、どうにかする。よいか、これだけは申しておくぞ。希望を捨てるでない」

「希望でござりますか」

「そうだ。才に長けた者を、あたら死なせるわけにはいかぬ。希望を持つのだ。神仏は正しい者を見捨てはせぬ」

「はい」

佐太郎は顔を紅潮させ、じつの父をみるような眼差しを向けてきた。

蔵人介は接見を終えたその足で、橘のもとへおもむく覚悟を決めた。

ことばを尽くしてでも、佐太郎の助命嘆願をおこなわねばならない。

貴重な命を、このようなところで散らしてしまうわけにはいかない。

その一念が名状《めいじょう》しがたい怒りとともに、体内に激しく渦巻いていた。

七

橘右近が城から戻ってきたのは、日没を過ぎたころだった。

市之進ともども部屋に呼ばれたときには、すっかりくつろいだ装いに着替えており、橘は脇息《きょうそく》にもたれながら、にこやかな笑みすら浮かべていた。

「大御所《おおごしょ》さまより、目安箱のことはお目通りの必要なしのご内意を頂戴してな、爾《じ》後《ご》、すべては上様《うえさま》のご裁断に委ねられることとあいなった。めでたきことじゃ」

橘は幕閣の御歴々からも「中奥の重石《おもし》」と評され、物事を大所高所から俯瞰《ふかん》すべき役割を期待されている。積年の懸念は大御所家斉と将軍家慶の覇権争いであり、心を砕くべきは父と子のあいだに横たわる確執を解消することにほかならなかった。

重責を担う橘にしてみれば、小姓見習いの仕置きなど瑣末《さまつ》なことかもしれない。

だが、今の蔵人介に斟酌する余裕はなかった。

「宮地佐太郎のこと、接見のお口添えをいただき、まことにかたじけのうございりました」

「そのことか」

承知しておりながらも、橘は大儀そうに顔をしかめてみせる。

「往生したわ。鳥居どのは一度こうと決めたら、けっして考えをまげぬ。たとい誤っていようとも、黒を白と言いくるめてしまうのじゃ。ただの石頭でなく、狡知《こうち》に長《た》けた分からず屋ゆえ、対峙するのもしんどい。もう、こりごりじゃ。されどまあ、上様直々のお声掛けでお城にあげた者の難儀ゆえ、捨ておくわけにもまいらぬ。忠勤二十五年余の鬼役どのが才覚を見抜いた者のことでもあるしな」

橘は皮肉まじりの台詞を並べたて、蔵人介を辟易《へきえき》とさせた。

「ところで、接見はどうであった」

「は。乱心したのは宮地佐太郎にあらず、柚木文悟のほうであったとのことにござります」

「ほほう。そうなると、組頭の申すことと真っ向から対立いたすな」

「情況から推すに、組頭の井村七郎兵衛は嘘を吐いておりまする」

蔵人介は佐太郎の言った内容をもとに、事の大筋を描いてみせた。

橘は黙って耳をかたむけ、時折、うなずいたり唸ったりしていたが、佐太郎が素手で柚木文悟の脇差を奪いとったくだりには感銘を受けたようで、膝を乗りだして同じはなしを繰りかえすように命じてきた。

蔵人介は、佐太郎の語った内容の裏付けとなる証拠をやつぎばやに繰りだした。

まずは脇差が柚木のものであったこと、佐太郎が両方の掌に刀傷を負っていること、さらには、柚木の右肩が外れていたという奥医師の証言なども添えた。

橘の頭にはおそらく、佐太郎が柚木の背中に組みつき、柚木の右肩を捻じまげるほどの力で脇差を奪いとり、後ろから右の脇腹を刺した様子がありありと浮かんできたにちがいない。

しかも、血溜まりは床の間寄りの畳に見受けられ、柚木文悟は上座に向かって俯《うつぶ》せに倒れていたとの証言も得られていた。それはとりもなおさず、上座に誰かが座っていたことを意味する。柚木は正面の誰かに向かって、脇差を振りかざしたのだ。

その相手は、柚木の上役である井村七郎兵衛以外には考えられない。

事の真相はすでに判明していると、蔵人介は大見得を切ってみせた。

「されば、何故、柚木文悟が乱心をきたしたのか。そのことについても、見当はついております」

「ほほう、はなしてみよ」

「は」

蔵人介は乾いた唇を舐め、襟を正す。

「凶事のあった前日、萩之御廊下にて鯉こくの椀を取りおとした者がおりました。そのことは、橘さまのお耳にもおはいりかと」

「聞いた。小姓のなかに不調法者がおったとな」

「それが柚木文悟であったことは、ほぼ判明してござります。その場に居合わせた組頭の井村七郎兵衛は、配下の不調法を隠蔽しようとした。ところが、同朋衆の李阿弥がみておりました。井村が口止めをしたにもかかわらず、李阿弥はお城坊主仲間におもしろおかしく吹聴した。その晩、李阿弥は何者かに暴行されたあげく、厠で首を縊りました。柚木文悟の乱心は不幸にも、そうした一連の出来事があったすえに起こったことでござります」

「なるほど、事の経緯はわかった。乱心したのは柚木文悟で、宮地佐太郎のほうに分《ぶ》があるということじゃな」

「いかにも。組頭の井村七郎兵衛こそ、厳しく詮議すべき相手かと存じまする」

「じゃが、はたして真実を吐こうかの。井村のことはよう知っておる。立ちまわりの上手な男じゃ。おそらく、しかるべきところに手をまわしておろう」

「しかるべきところとは」

前のめりになる蔵人介を、橘は閉じた扇子で制した。

「わからぬか。柚木文悟の親元じゃ」

「あっ」

声を発したのは、後ろに控える市之進のほうであった。

柚木の父権之丞《ごんのじょう》は無役の寄合《よりあい》だが、家禄は五千石を超えている。柚木家は三河《みかわ》以来の名家ゆえに、敵にまわせば面倒なことになるのは目にみえていた。

「文悟は長男じゃ。家を継ぐべき長男の乱心が発覚いたせば、柚木家も無事では済まされぬ。改易に追いこまれることもあり得よう。最悪の事態を避けるべく、柚木権之丞どのは死に物狂いで手を尽くそうとなさるはず。それくらいのことは容易に想像がつくわい」

「すでに、井村は手をまわしておると」

「おそらく、鯉こくを廊下にぶちまけたのち、ときをおかず、柚木家へ走ったに相違ない。文悟の不調法を隠蔽することで恩を売ろうとしたのだ。ところが、口の軽いお城坊主のせいで予期せぬことが起こった。文悟の乱心じゃ。されど、親がいくら嘆いたところで、子のやったことは消せぬ。何よりも考えねばならぬのは、お家の存続。そのためには真相を捻じまげてでも、嘘を貫きとおすしかなかろう」

「感心できませぬな」

「物事には表と裏がある。さようなことは、おぬしがいちばんわかっておろう」

わかりたくもないことだが、保身に走る輩の薄汚さなら熟知している。

「とどのつまり、柚木権之丞さまは井村七郎兵衛の口車《くちぐるま》に乗るしかないと仰るので」

「潔く子の罪をみとめるのならば、即座に動いておらねばならぬ。いまだ静観をきめこんでおるのは、嘘を貫きとおそうと腹決めした証拠じゃ」

哀れな小姓見習いに、乱心の汚名を着せる。

五千石取りの名家を仕切る当主がそのように覚悟を決めたとしたら、井村の証言が白洲《しらす》で通ってしまう恐れも否めない。

「そうさせぬためには、よほどの覚悟が必要であろうな」

橘はほっと溜息を吐き、市之進のほうをちらりとみた。

「もうひとつ、気になることがある」

「何でござりましょう」

「宮地佐太郎の資質に関わることじゃ」

「えっ、資質でございますか」

蔵人介が眉根を寄せると、橘は市之進に顎をしゃくった。

「義弟から聞いておらぬのか。目付筋で調べたところによると、宮地佐太郎の亡き父は酒乱であったとか。酒乱の血を引いておれば、容易に心を乱すこともあり得よう。少なくとも、白洲で相手方にそう主張されたら、反論の余地はなくなろうというもの」

「失礼つかまつります」

蔵人介は身をかたむけ、後ろの市之進に糺した。

「亡き父が酒乱であったと、何故、判明したのだ」

「訴えた者がござりました」

「誰だ、それは」

「鳥見の菊田喜惣治なる者が訴えたと聞いております」

「何だと。なぜ、それを早く言わぬ」

「申しわけありませぬ。橘さまにご指摘いただくまで、失念しておりました」

市之進は身を縮め、額の汗を拭う。

責めは問うまい。徒目付は多忙な役目ゆえ、完璧を求めてはならぬ。

菊田ならば、知らぬ相手ではなかった。額に向こう傷のある四十代なかばの男だ。御鷹狩りの御膳拵えでも、偉そうに指示を出していた。

菊田の意図は判然としない。佐太郎との関わりも調べてみなければなるまい。

ともあれ、鳥見の訴えが取りあげられたら、佐太郎が不利になることは火をみるよりもあきらかだった。

膨《ふく》らみかけた希望が、一気に萎《しぼ》んでしまう。

「五千石の大身に刃向かうつもりならば、まずは身辺の垢《あか》を除いておくことじゃ。ただし、残された猶予はわずかじゃぞ」

「承知しております」

蔵人介は深々と平伏して橘邸を辞去し、市之進をともなって目黒へ急いだ。

八

鳥見屋敷を訪ねても、菊田がそこにいるとはかぎらず、たとえ会えたにしても適当にはぐらかされる公算は大きいと踏んだ。

佐太郎の亡き父親のはなしを聞くには、母親の和に会うのが近道だ。

蔵人介はそう判断し、追いはぎの出没しそうな目黒の茶屋坂を下って千代ヶ崎の百姓家までやってきた。

「どうにも足が重く、歩くのも辛《つろ》うございます」

市之進がぼやく理由は、なかば駆け足でいくつもの坂道を越えてきたせいばかりではない。

突如として、天国から地獄へ堕とされた母親の胸中を慮《おもんぱか》ってのことだ。

「せっかく、お城勤めの機会を得られたというに、かようなことになろうとは。切ないはなしにござります」

市之進は、正直な心持ちを口に出さずにはいられないようだった。

だが、蔵人介はあきらめていない。

佐太郎の助かる道を何とか見出そうと必死なのだ。

母親に対しても、同情や慰めのことばを口にする気はない。

ともに悲嘆に暮れたところで、何ひとつ解決にはならぬのだ。

百姓家の周囲は、喪中であるかのように静まりかえっていた。

おそらく、隣近所の連中は関わりを避けているのだろう。

囚《とら》われの身となった息子を案じつつ、母親はひとりで絶望の淵を彷徨《さまよ》っている。それをおもうと、胸が締めつけられた。ただでさえ重い足が、金縛りにあったように動かなくなる。

それでも、雨戸の隙間から灯りが漏れているのを確かめ、蔵人介は表口へ近づいた。

木戸を敲《たた》き、声を張りあげる。

「お頼み申す。矢背蔵人介にござります」

人の気配がして、木戸が音もなく開かれた。

身を屈めて潜りぬけると、表情の抜けおちた和が幽霊のように佇んでいる。

この世のものとおもえなかったのか、後ろにつづく市之進などは、ぎょっとして息を止めた。

蔵人介は低頭する。

「夜分に申しわけござらぬ。義弟の綾辻市之進も連れてまいりました。徒目付ゆえ、お役に立てることもあろうかと」

「お役にですか」

和は小首をかしげつつも、とりあえずは客間へ招じてくれた。

ひんやりした畳に腰を降ろすと、和が茶を淹れてはこんでくる。

市之進はよほど喉が渇いていたのか、温《ぬる》い茶をひと息に流しこんだ。

義弟が茶碗を置いたのを合図に、蔵人介は平静を装いながら語りだす。

「本日、ご子息に会ってまいりました。存外に顔色もよく、安堵いたした次第で」

嘘も方便だと決めて言ったつもりであったが、母親は何もかも見抜いているように感じられた。

「わざわざ、そのことをお伝えにみえられたのですか。かたじけのうござります」

和は畳に三つ指をつき、顔をあげようともしない。

蔵人介は戸惑いつつも、佐太郎の置かれている情況を説いた。

和はさすがに侍の娘らしく、少しも取りみだすこともなく耳をかたむけ、最後に深々と頭を垂れた。

「ふつつかな子のせいで、みなさまに多大なご迷惑をお掛けしております」

「何を仰る。ご子息にやましいことなどひとつもござらぬ。少なくとも、拙者やここにおる義弟はそう信じております。心を強くお持ちなされ。さすれば、道はひらけるやもしれませぬ」

「道でござりますか」

和は力無くつぶやき、眼差しを宙に泳がせる。

達観したような顔からは、感情を読みとることができない。

蔵人介は仕方なく、問うておきたいことを口にした。

「亡くなったご主人のことで、ひとつお聞きしたいことがござります」

「何でござりましょう」

「嫌なことをおもいださせてしまうかもしれませぬが、聞くところによると、ご主人は酔客同士の喧嘩に巻きこまれて命を落とされたとか」

「さようにござります。十四年前、佐太郎が生まれて間もないときのことでした。酒を嗜《たしな》まぬ主人が酒の不始末に巻きこまれて亡くなったのは、まことに皮肉と言うよりほかはありませぬ」

「お待ちを。ご主人は酒を呑まれなかったので」

「はい、一滴も。からだが受けつけないのでござります」

「ふうむ」

それだけでも「酒乱」という菊田の訴えが嘘であることは判明した。

市之進が膝を躙りよせる気配を背に感じつつ、蔵人介は問いをかさねた。

「鳥見の菊田喜惣治なる者はご存じでしょうか」

「存じております。十四年前、とある大名の御抱え屋敷に駆けこんでまいり、番士の方々と揉め事を起こしました。わたくしは奥向きで行儀指南をやらせていただくようになったばかりで、夕刻になると主人が御門前まで迎えにきてくれておりました」

和の夫は顔見知りの番士に頼まれ、揉め事の仲裁をおこなった。非は理由もなしに屋敷へ踏みこんできた鳥見のほうにある。にもかかわらず、菊田は公儀の権威を振りかざし、横柄な態度をみせた。しかも、刀まで抜いてみせた。それゆえ、剣術の心得があった夫は番士から木刀を借りうけ、菊田の額を一刀のもとに割ってみせたのだという。

なるほど、菊田の額にある向こう傷はそのときにできたものであったかと、蔵人介は合点した。

「そうでもせねば、菊田喜惣治の横暴を止めることはできませなんだ。藩と関わりのない主人だからこそ、鳥見に向かって木刀を振りかざすことができたのでございます」

和の夫は大名家の家中から感謝されたが、菊田からは恨みを買った。

喧嘩に巻きこまれて不慮の死を遂げたのは、そのことがあってから数日後のことであったという。

「喧嘩を仕向けた連中のなかには、鳥見も何人かふくまれておりました。でも、誰も調べてはくれなかった」

和は菊田の関与を疑ったが、そのことを裏付ける証拠をみつける手だてはなかった。菊田が揉め事を起こした藩からも丁重に出入御免の申し出があり、和は途方に暮れたすえに、断絶していた父のもとを訪れるしかなかったのだという。

「そう言えば、つい先日、菊田喜惣治が十四年ぶりに訪ねてまいりました。『佐太郎はどう転んでも助からぬゆえ、きっぱりとあきらめろ。淋しかったら、わしが面倒をみてやるから、いつでも鳥見屋敷を訪ねてこい』と、あいかわらず横柄な態度で捨て台詞を吐いていきました」

蔵人介の胸中に、得《え》も言われぬ怒りが沸々《ふつふつ》と迫りあがってくる。

菊田には直に会って、偽りの訴えをおこなった意図を糾さねばならなかった。

十四年前に父から受けた恨みを子で晴らそうと考えたのであれば、やったことの代償を払わせねばなるまい。

それにしても、和の不気味なほどの冷静さが気に掛かる。

蔵人介は冷めた茶を呑むと暇《いとま》を告げ、重い腰を持ちあげた。

表口から一歩踏みだそうとしたところへ、和に声を掛けられる。

「お待ちを。矢背さまにお願いがござります」

「何なりと仰るがよい」

「されば」

和はここにいたって、はじめて母親の顔をみせた。

「できることなら、あの子を死なせたくはありません。されど、おそらくは助かりますまい。ならば、せめて、せめて侍らしく死なせてやりたいのでござります」

「何を仰る。お沙汰はまだ下されておらぬ。あきらめてはなりませぬぞ」

「あの子のことを案じていただき、まことに感謝のしようもござりませぬ。矢背さまのことは、村長の鏑木さまからお聞きしておりました。何でも、幕臣のなかで随一の剣客であられるとか」

嫌な予感が過《よ》ぎった。

和は裸足《はだし》で土間に降り、その場に両手をついてみせる。

「切腹のお沙汰が下されましたら、あの子の介錯《かいしゃく》をお願いできませぬか。どうか、このとおりにござります」

蔵人介はたじろぎながらも、きっぱり「受けかねる」とこたえた。

そばに歩みよって肩に触れても、和は頑《がん》として顔をあげようとしない。
「お願いいたします。お願いいたします」
そうやって、繰りかえすのみであった。
尋常ならざる決意を発した心の動揺が、小刻みな震えとなって伝わってくる。
慟哭《どうこく》してもよいほどの崖っぷちに立たされても、和は人前で泣こうとしない。
希望を持てと告げたところで、慰めにもならぬことはわかっている。
それでも、蔵人介は佐太郎を救いたかった。
「莫迦を申すでない」
介錯など、できるはずがないではないか。
母の手を振りはらうようにして、百姓家から退出した。
市之進も動揺を禁じ得ず、黙然《もくねん》と後につづいてくる。
茶屋坂を上る蔵人介の歩みは、牛のごとく鈍《のろ》い。
いざとなれば、やらねばならぬかもしれぬ。
不吉な考えが頭を過ぎるたびに、焼けた石でも呑まされたような気分になった。

九

菊田喜惣治の所在は容易に調べられた。

鷹匠屋敷のある雑司ヶ谷から音羽《おとわ》にかけての界隈《かいわい》を縄張りにしており、夜更け過ぎまで入りびたっている居酒屋があると聞いたからだ。

見世《みせ》は音羽九丁目の八幡神社門前にあった。

近くには女郎屋が軒《のき》を並べており、白塗りの女たちが辻をふらつく酔客の袖を引いていた。

「旦那、お安くしとくよ。ひと切《きり》二百文でいかが」

黙って通りすぎると、あからさまに舌打ちをされる。

後ろにつづく市之進は疲れきっているのか、口数がめっきり少なくなった。

見世に踏みこめば目立つので、空《す》きっ腹を抱えながら外で待つことにした。

辺りは夜更けまで灯りの絶えないところだが、さすがに子《ね》ノ刻が近づくと客の数も減ってきた。

ほとんどの見世が暖簾《のれん》を仕舞いはじめたころ、菊田は呑み仲間といっしょに表口へあらわれた。

往来で仲間と左右に別れ、ひとりだけ千鳥足でどぶ川のほうへ向かう。

立ちどまって着物の前をはだけ、何をするのかとおもえば、どぶ川に向かって放尿しはじめた。

蔵人介にうながされ、市之進が戸惑いつつも近づいていく。

後ろからそっと迫り、阿漕な鳥見の首根っこを素手で摑んだ。

「ぬげっ」

菊田は振りかえろうとして、市之進の裾に小便を引っかけた。

「こんにゃろ」

柔術におぼえのある義弟は吼《ほ》え、菊田の右腕を捻って両膝をつかせる。

睾丸《こうがん》は縮まったものの、竿の先からは小便が漏れていた。

「……い、痛え……は、放してくれ」

市之進が腕を放すと、菊田は恐怖に引きつった顔を向けた。

薄暗がりでわかりづらいが、星明かりや軒行灯のおかげで、たがいの顔を判別できないほどではない。

蔵人介は上から見下ろし、低い声で単刀直入に問うた。

「鳥見の菊田喜惣治だな。おぬし、宮地佐太郎を嵌《は》めたのか」

「えっ……な、何のことだかわからねえ」

「しらを切るなら、痛い目をみるぞ」

すかさず、市之進が襟首を摑んで捻りあげる。

「……く、苦しい」

放してやると、骨無しの鳥見はすぐに折れた。

「……お、おめえさんがた、何が知りてえんだ」

「こっちの問いにこたえろ。宮地佐太郎を嵌めたのか」

「……あ、ああ」

菊田はうなずき、がっくりうなだれた。

額の向こう傷が、ひくひく動いている。

「なぜだ。向こう傷の恨みを晴らすためか」

「ちがう。佐太郎の父親は、十四年めえにおっ死《ち》んだ。今さら、恨みなんぞ晴らすつもりはねえ」

「なら、なぜだ。理由を聞こう」

「三両で頼まれたのさ。佐太郎の不利になることを目付筋に訴えろってな」

「誰に頼まれた」

「御小姓組の組頭さまだよ」

「井村七郎兵衛か」

「そうさ。てめえ、知ってんじゃねえか」

井村と菊田も鷹狩りで面識がある。

井村は佐太郎の周囲に探りを入れ、菊田との因縁を突きとめたにちがいない。

「佐太郎のしでかしたことを聞いたぜ。驚き桃の木ってやつさ」

「母親のもとを訪ねたな。何で余計なまねをした」

「ほとけ心さ。亭主につづいて子も失えば、どんなに気丈なおなごでも気落ちするにちげえねえ。そんときは力になると言ってやったんだ」

「下心《したごころ》があったのか」

「へへ、色気のある女だかんな」

「十四年前も、そうおもったか」

「えっ」

「和どのに懸想《けそう》したのかと聞いておる」

ぐっと睨みつけると、菊田はうなずいた。

「ああ、そうだよ」

蔵人介は、さらにたたみかける。

「亭主が死ねば、どうにかなるとでもおもったか」

菊田は顎を震わせ、何もこたえない。

図星なのだ。

和の夫を殺《あや》めたのは、この男だ。

蔵人介は、しゅっと白刃を抜いた。

「喧嘩に巻きこまれたとみせかけ、宮地どのを殺めたな」

切っ先を鼻の穴に突っこむ。

「ひえっ」

菊田は眸子を瞠り、苦しげに息をしはじめた。

蔵人介に容赦はない。

ぴっと、鼻の障子を裂いた。

「天網恢々疎《てんもうかいかいそ》にして漏らさず。人は騙《だま》せても、お天道《てんと》さまは騙せぬぞ。さあ、白状いたせ。正直に吐けば、命は助けてやる」

「……や、殺った。堪忍してくれ。佐太郎の父親は、おれがこの手で殺った」

喧嘩騒ぎに乗じて、後ろから匕首で脇腹を貫いたという。

菊田は酔いも手伝ってか、ひらきなおってみせる。

「向こう傷の仕返《しけえ》しをしてやったのさ。ついでに後家《ごけ》にも粉を掛けたが、ちょいと無理だった。身持ちの堅《かて》え女でな。へへ、女は雀と同じだ。深追いしたら逃がしちまうんだよ」

生きている価値もない男だが、利用しない手はない。

蔵人介は素早く刀を納め、ぐっと顔を近づけた。

菊田は安堵したのもつかのま、声を震えさせる。

「……お、おめえさん……お、鬼役じゃねえか」

「今ごろわかったか」

「……な、何で、鬼役が」

裂けた鼻の傷口から血を垂らし、菊田は顎を震わせた。

蔵人介は血の付いた白刃を眼前に晒す。

「おぬしを始末しにまいったのだ」

「ひぇっ……か、堪忍してくれ。命だけは」

「井村七郎兵衛に頼まれたことをお白洲で正直に証言しろ。さすれば、命だけは助けてやろう。さあ、徒目付のお縄を神妙に頂戴するのだ」

「げっ、徒目付だって」

驚いた鳥見の顔面に、市之進の拳が埋めこまれた。

——ぼこっ。

鈍い音がして、菊田は気を失ってしまう。

「せめて、この程度のことはお許しくだされ」

市之進は怒りで身を震わせ、懐中から捕縄を取りだす。

「好きなようにするがいいさ」

菊田が証言すれば、井村は窮地に陥るだろう。

井村の嘘が明らかになれば、佐太郎の命を救えるかもしれない。

慈悲深い沙汰が下されるのを信じて、今はできるだけのことをするしかなかった。

十

翌、十九日。

菊田を捕縛して微かな希望がみえたところへ、悲しむべき凶報がもたらされた。

「柚木文悟が亡くなりました」

ほとんど寝ずに自邸まで報せにきてくれたのは、疲れきった様子の市之進である。

「御目付の御用部屋にて、ひと騒動ござりました」

寄合の柚木権之丞が、鳥居耀蔵のもとへねじこんできたのだという。

「『息子を刺した乱心者を斬首せよ。まかりまちがっても、切腹の名誉など与えてはならぬ』と泣いて叫び、仕舞いには鳥居さまに肩を抱かれて退出していかれました。拙者にはずいぶん芝居がかってみえましたが、騒ぎを聞いて集まった御歴々のなかには貰い泣きをするお方も」

三文芝居がそれなりの効果をあげることもあり得る。

柚木権之丞も必死なのだ。

「改易を免れるには、自分の息子が乱心したなどとは口が裂けても言えぬ。すべてを佐太郎のせいにして、この一件を決着させねばならぬのだ。鳥居さまは、何か仰せになったか」

「三手掛《さんてが》かりの評定《ひょうじょう》に掛け、早々に沙汰を下さねばなるまいと仰いました」

「三手掛かりか」

町奉行、大目付、目付の三者立ちあいのもとでおこなわれる評定のことだ。

ただし、事と次第によっては老中が陪席することもある。

市之進によれば、その点はまだ決まっていないらしい。

「菊田喜惣治のことは、鳥居さまのお耳に入れたのだろうな」

「はい。されど、お白洲に引ったてるにはおよばずと仰いました。詮議で口書《くちがき》のみを取ればよいとのお考えです。ことばを尽くしてお願いいたしましたが、聞きいれていただけませぬ。ただし、菊田は宮地佐太郎の父親を殺めておりますので、斬首は免れまいかと」

「菊田のことはどうでもよいのだ。井村の嘘が明らかにできねば、捕まえた甲斐がないではないか」

「そのことは何度もおはなしいたしました。されど、鳥居さまは『事を荒立てるな』と仰るのみで」

井村の主張を取る気だなと、蔵人介は理解した。

鳥居にとって、いや、公儀にとって、事の真偽はさして重要ではない。

どのように裁けば体面を保つことができ、大勢の者を納得させることができるか。

そのことだけが重要で、真相など二の次でよいのだ。

「くそっ」

五千石の大身旗本を改易にすれば、本家筋のみならず親類縁者もふくめて路頭に迷う者が大勢出てくる。裁いた者は恨みも買うであろう。そうさせない唯一の方法は、ひとりの哀れな小姓見習いに罪をかぶせてしまうことだ。

そのほうが遥かに傷は浅いと、鳥居が考えているのだとしたら、情けないというよりほかはなかった。

いったい、侍の正義はどこへいったのか。

蔵人介は非番にもかかわらず、幸恵に命じて裃《かみしも》を持ってこさせた。

市之進が不安げに追いすがってくる。

「義兄上、早まってはなりませぬぞ。評定が終わるまで、宮地佐太郎にお沙汰は下されませぬ」

「わかっておるわ。鳥居さまを説得したところで、詮無いこともな」

「ならば、どちらへ参じるおつもりか」

「橘さまのところさ。もはや、佐太郎を救う道はひとつしかない」

「道とは何です。お教えください」

「申すまでもない。鶴のひと声よ」

「げっ、上様に願いだてなさると」

「橘さま次第だ。わしのごとき軽輩のことばなど、上様はお耳を貸してくださらぬわ」

そうしたやりとりをしているさなかへ、志乃が厳しい顔つきであらわれた。

「幸恵どのから、事の次第はお聞きしました。ふん、情けないものよ。才ある若者の難渋《なんじゅう》を、誰ひとり解決できぬとはの。聞けば、宮地佐太郎なる者、並みの小姓にはできぬことをやってのけたというではないか。あっぱれと褒めてしかるべきなのに、腫れ物《はれもの》のように扱いおって、嘆かわしいはなしじゃ。蔵人介どの」

「は」

「お沙汰次第では、刀を抜いてもかまいませぬぞ」

「えっ」

「五千石の旗本の申すことが通れば、宮地佐太郎は汚名を着せられたまま斬首となりましょう。さような仕儀《しぎ》を許してはならぬ。殿中の御法度《ごはっと》を破ってでも、筋を通さねばならぬときもあるのじゃ。侍とはそうしたものであろう」

驚いた市之進が、横から口を挟む。

「されど、義兄上が殿中で刀を抜いたら、矢背家は即刻改易となりますぞ」

「黙れ、若造。家は滅びても、志は未来永劫《えいごう》生きつづける。それでよいではないか」

志乃は大見得を切り、優しい表情を浮かべた。

「わたくしには、佐太郎どのの母御の気持ちが痛いほどにわかる。どうあがいても助からぬ命ならば、せめて侍らしく死なせてやりたい。そう考えるのが侍の娘というものじゃ」

志乃は奇《く》しくも、和と同じ台詞を吐いた。

潔いふたりの態度に感じ入りながらも、蔵人介は最後まであきらめまいとおもった。

万が一、斬首などという理不尽な沙汰が下されたときは、この一命と家名を賭してでも闘わねばなるまい。

「養母上《ははうえ》、かたじけのうございます。さきほど頂戴したおことばで、覚悟を新たにいたしました」

「存分におやりなされ。ただし、佐太郎どのに切腹のお沙汰が下されたときは、ありがたくお受けせねばなりませぬ。ことによったら」

と言いかけ、志乃はさすがに口を噤《つぐ》んだ。

蔵人介にはわかっている。

介錯人を依頼されたら、受けねばならぬ。それが佐太郎の望みとあらば、逃げてはならぬと、志乃は言いかけたにちがいない。

こののち、蔵人介は城中で橘と面談する機会を得た。

佐太郎の助命を再度請うたが、家慶公に助命を請うなどもってのほかと、厳しくたしなめられた。

沙汰が下されたのは、翌二十日のことだ。

出仕していた蔵人介は昼餉の毒味御用を終え、笹之間にて控えていた。

ふと、胸騒ぎを感じて厠へおもむいてみると、公人朝夕人の伝右衛門が待ちかまえていた。

「お沙汰が下されました。御小姓組組頭の控え部屋での一件は、小姓同士が口論のすえに一方を傷つけた。双方に乱心の兆候はなく、喧嘩両成敗の定めに鑑《かんが》みて裁かねばならぬのは必定《ひつじょう》。よって、柚木文悟を死にいたらしめた宮地佐太郎は切腹と相成りました」

「……そ、そうか」

ごくっと、蔵人介は唾を呑む。

「ついでに申せば、組頭の井村七郎兵衛には屹度叱《きっとしか》り、柚木家についてはお構いなしとのことにござります」

蔵人介は、ぎりっと奥歯を噛んだ。

かまわず、伝右衛門は淡々とつづける。

「お口惜しいでしょうが、宮地佐太郎の名誉は保たれました。素手で柚木文悟の脇差を奪った勇気あるおこないは、評定のなかでもあっぱれと褒められたそうでござる。宮地の乱心を主張した井村の証言は認められず、乱心そのものが無かったと断じることで柚木家の命脈は保たれました。柚木権之丞さまは、おそらく、ほっと胸を撫でおろしておいででしょう。いかがでござる。これが落としどころであったとはおもわれませぬか」

「落としどころだと」

「お怒りか」

怒っても沙汰が覆らぬことはわかっている。

佐太郎に切腹の裁定が下された以上、一命を賭して異議を唱えることもできない。ただし、佐太郎を貶《おとし》めようとした井村七郎兵衛と浅はかな企《たくら》みに乗ろうとした柚木権之丞については、自分たちのやろうとしたことのつけを払ってもらわねばなるまい。それが落とし前というものだ。

「ここだけのはなし、評定には格別のはからいがあったようでござる。小姓見習いに切腹の沙汰が下されたことを受け、橘さまは涙ぐみながら『上様の思《おぼ》し召しじゃ』と仰いました」

「えっ」

裁定に家慶公の意向がはたらいたと知り、蔵人介はわずかな動揺をおぼえた。

伝右衛門は顔を寄せてくる。

「橘さまより、今ひとつご伝言がございます」

「ん、何だ」

「切腹の儀は明後日の早朝、橘さまの御屋敷にて取りおこなわれます。矢背さまにおかれましては、宮地佐太郎の介錯人を務めよとのこと」

蔵人介は眸子を細め、わずかに震える声で応じた。

「……そ、それはご命令なのか」

「宮地佐太郎本人が、従前《じゅうぜん》より望んでおったそうです」

「何だと」

蔵人介はことばを失った。

すでに、佐太郎は覚悟を決めていたのだ。

伝右衛門の気配が消えても、蔵人介はしばらく厠のそばから離れることができなかった。

十一

二十二日、朝。

抜けるような秋空に、一居《ひともと》の鷹が飛んでいる。

灰鷹のようだが、まさか、御用鷹の「朝日丸」ではなかろう。

切腹人の宮地佐太郎は、唯一の肉親である母との接見を許された。

蔵人介は介錯人として立ちあうべく、朝未きに橘邸へやってきた。

白装束に着替えを済ませ、廊下越しに庭のみえる一室に控えている。

庭の片隅には金木犀《きんもくせい》が咲いており、眠気を誘う芳香をふりまいていた。

中央には縦横三間の仮屋が建てられ、三枚の畳が横に並べられている。

本来なら切腹人の身分に応じて畳の並べ方は四通りほどあるのだが、畳三枚を横並びに敷いた設《しつら》えは上から二番目の格式に相当し、それだけでも橘右近の格別な配慮を垣間《かいま》見ることができた。

畳のうえには、切腹人が座るように薄蒲団まで敷かれる手筈となっている。また、脇差を載せる三方《さんぼう》は祝い事でない逆礼《ぎゃくれい》のため、透かし穴の刳形《くりかた》が穿《うが》たれてないほうを前向きに置き、脇差も刃のほうを切腹人に向けるようにしなければならない。脇差が落ちぬように三方の側面には切りこみが入れられ、切腹人に向けられた側も両縁は落としてあった。

若輩者が切腹するときは多くの場合、脇差ではなしに木刀が三方に載る。切腹人が木刀を取りあげるやいなや、介錯人が首を落とすのだ。万が一、切腹人が臆したときなどは、短冊と筆を渡して「辞世《じせい》の句を」と誘いかけ、首が前にかたむいた刹那《せつな》に斬りさげる。薄皮一枚を残すように斬った直後、介添人が長く伸びた皮を短刀で掻っ切り、生首を検使にみせるのである。

蔵人介は段取りを反芻《はんすう》しながら、苦い顔で首を左右に振った。

首を落とさねばならぬ相手が佐太郎だとおもうと、心は千々《ちぢ》に乱れてしまう。心の乱れは手許《てもと》を狂わせる。手許が狂えば、佐太郎を苦しませてしまうことになるやもしれぬ。

介錯人を引きうけた以上、完璧に役目をまっとうしなければならない。

そのためには情を殺し、仕舞いまで冷静沈着であらねばならなかった。

もちろん、介錯人たる蔵人介は、切腹のときまで佐太郎と会ってことばを交わすことができない。

目を閉じると、雀の鳴き声が聞こえてきた。

何者かの気配が廊下を渡って近づいてくる。

立ちあいの際に検使役も務める市之進だった。

「義兄上、宮地和さまをお連れいたしました」

黒い江戸小紋を纏った和が、後ろからあらわれた。

廊下に座って三つ指をつき、顔を少し持ちあげる。

表情は穏やかで、目黒で会ったときとは別人にみえた。

「矢背さま、このたびは佐太郎のために難儀なお役をお引き受けいただき、まことにかたじけのう存じまする。わが子佐太郎には、生涯最期の首尾をくれぐれもでかし候ようにと、申しおいてまいりました」

「生涯最期の首尾でござりますか」

無論、首尾とは切腹のことであることは言うまでもない。

母は最愛の子に向かって、立派な最期を遂げよと諭した。

わが子を面前にしても、泣かず、叫ばず、憐れみなど毛ほどもみせず、威厳をもって励ましつづけたのだ。子は母の姿勢に鼓舞《こぶ》され、死への恐怖を拭いさり、覚悟を新たにしたことだろう。

「佐太郎は、にっこり咲《えも》うてくれました。あの顔は……」

と、そこまで気丈に喋りつづけていた和が、ぐっとことばに詰まる。

「……あ、あの顔は、幼いころと何ら変わらぬ……う、うう」

和は廊下に身を投げだし、慟哭《どうこく》しはじめた。

市之進も我慢できず、肩を小刻みに震わせている。

蔵人介は眸子を瞑《つむ》り、みずからを明鏡《めいきょう》止水《しすい》の境地に導いていった。

しばらくして和は泣きやみ、何度も「よしなに、よしなに」と繰りかえしたのち、市之進とともども去った。

呼びだしが掛かったのは、それから四半刻《しはんとき》ほど経ったときだ。

蔵人介は愛刀の来国次を摑み、音もなく部屋から退出した。

雪駄《せった》を履いて白砂《しろすな》の庭を進み、滑るように仮屋へ向かう。

遠巻きにする見届けの者たちは、目にはいらない。

仮屋の端に控えると、白装束の佐太郎が介添人に導かれてやってきた。

蔵人介に気づき、立ちどまって深々と頭を下げる。

異例のことだが、文句を言う者もいない。

佐太郎の顔は晴れやかで、この日を待ちかねたような印象すらおぼえた。

蔵人介が表情も変えずに点頭すると、介添人が佐太郎を畳の上に招じる。

三方には木刀ではなく、脇差が置いてあった。

佐太郎は促され、薄蒲団のうえに正座する。

蔵人介も動きだした瞬間、正面から誰かの囁きが聞こえてきた。

厳しい眸子を向けると、今までそこに居なかった人物が立っている。

しかも、菅笠《すげがさ》を深くかぶったお忍びの恰好だった。

菅笠の下からは、特徴のある長い顎がみえている。

上様か。

蔵人介はもう少しで、声をあげそうになった。

家慶とおぼしき人物はみずからの脇差を腰帯から抜きとり、そばに侍《はべ》る橘右近に与えている。

橘は脇差を両手でうやうやしく受けるや、仮屋へ足早に近づいてきた。

そして、介添人に何やら耳打ちし、三方に置かれた脇差と取りかえさせる。

柄や鞘の拵えから推して、越前康継《えちぜんやすつぐ》の小脇差であることは容易にわかった。

不動明王、せいたか童子、こんがら童子の三体仏が刀身に彫刻された名刀で、平常から家慶が好んで持ちあるいている品だ。徳川家の家宝とも言うべき『三体仏《さんたいぶつ》小脇差』を下賜《かし》されたということは、後世に名を遺すお墨付きを貰ったも同然である。

小脇差のことを介添人から耳打ちされ、佐太郎は眸子を潤ませた。

公方に認められ、自分のことを日の本一の果報者とおもったにちがいない。

だが、一方、それは完璧に腹を切らねばならぬという困難な試練を与えられたことでもあった。

「介錯人、前へ」

しかつめらしく声をあげたのは、橘右近にほかならない。

蔵人介はぴっと背筋を伸ばし、仮屋のなかへ進んでいった。

仮屋は左右と後ろを白壁で閉じ、正面は検使の者たちに向けて開かれている。

正面に陣取った者たちのなかには、菅笠を取った家慶のすがたもあった。

佐太郎は定まった位置に正座し、まっすぐに正面を見据える。

蔵人介は雪駄を脱ぎ、白足袋《しろたび》で畳にあがった。

音をさせぬように刀を抜き、桶に張った水で刀身を濡らす。

右手に刀身を提げたまま、薄蒲団を踏みつけた。

——ぴゅう。

鳴き声に空を仰げば、さきほどの灰鷹が旋回している。

ほとんど鳴かぬはずの灰鷹が、若い小姓の死を惜しむように鳴いているのだ。

佐太郎も見届けの者たちも首を捻り、大空に羽根をひろげて悠々と飛翔する灰鷹の勇姿を眺めている。

本物の「朝日丸」ではないかと、蔵人介は疑ったほどだった。

将軍家慶と佐太郎の縁を繋いだのは、御拳場で手柄をあげた灰鷹だったのかもしれない。常世《とこよ》の国へ導くために馳せ参じたのならば、その律儀さを存分に褒めてやらねばなるまい。

「いざ」

橘のひとことが、みなの眼差しを地べたに引きもどす。

介添人が膝を折り、三方のうえに短冊と筆を差しだした。

佐太郎はこれを断り、懐紙を口に咥えて右手を三方に伸ばす。

ご下賜の小脇差を手に取るや、懐紙を刃に巻きつけ、先端を左腹に押しあてた。

「ねいっ」

一抹の躊躇すらみせず、先端を突きたてる。

「むっ」

小脇差の刃が左腹に刺さっても、蔵人介は国次を高々と掲げたまま、微動だにもしない。

切腹人が前にかたむかないかぎり、一刀を振りおろすことはできなかった。

「……ま、まだまだ」

佐太郎はとんでもない気合いを発してみせ、左腹に刺さった刃を右腹までぐぐっと引きまわす。

そこでようやく、首を差しだす恰好になった。

刹那の好機を見逃さず、蔵人介は敢然と刀を振りおろす。

――ぴゅう。

灰鷹の悲しげな鳴き声が、庭全体に響きわたった。

のちに、将軍家慶は感涙に噎《むせ》びながら近習たちに「あれぞ侍の鑑《かがみ》。幾千万のなかにもありがたき人傑なり」と告げ、佐太郎の潔さと勇気を褒めたたえたという。

十二

六日後、長月二十八日は朝からあいにくの雨となった。

明け方に霜が降りる晩秋の雨は冷たく、頰を撫でる風はひとしお身に沁みる。末枯《うらが》れた野面から眼差しを向ければ、里山は見事な錦繍に彩られつつあった。いろは紅葉《もみじ》に木楢《こなら》に櫟《くぬぎ》、欅《けやき》に柿に南天桐《なんてんぎり》、蔦漆《つたうるし》に山法師《やまぼうし》、深紅《しんく》の七竈《ななかまど》に黄金色の岳樺《だけかんば》、さまざまな色を纏う色取月《いろどりづき》の隣には、真っ白な冬が待ちかまえている。

宮地佐太郎の遺骨は、三日月藩森家に縁《ゆかり》ある池上《いけがみ》の本光寺《ほんこうじ》に安置された。父親も眠る日蓮宗の寺院においては、しめやかに初七日の法要が営まれ、蔵人介も縁のある者のひとりとして参列させてもらった。

列席する者は数えるほどしかおらず、淋しいかぎりであった。が、片化粧《かたげしょう》をほどこした和は気丈さを保ちつづけ、参列者たちの涙は雨に流されていくようだった。

読経《どきょう》の途中に遅れてあらわれた市之進は、心待ちにしていた吉報《きっぽう》を携えてきた。

三手掛かりの評定で一度はうやむやになりかけた一連の出来事が、あきらかにされる見込みになったという。

「鳥見の菊田喜惣治が、御目付の詮議で井村七郎兵衛の嘘を洗いざらい白状いたしました」

井村は菊田の告白を止めさせるべく、顔見知りの牢屋同心《ろうやどうしん》を買収して毒を盛らせた。ところが、菊田は死にきれずに生きのび、井村を道連れにして地獄へ堕ちる道を選んだのである。

「すでに、井村は縄を打たれて厳しい責め苦を受け、真相を喋りはじめております。柚木文悟が乱心したことは明らかとなり、すべてを隠蔽しようとした柚木権之丞さまも罪に問われることとなりましょう」

市之進の見込みでは、井村七郎兵衛と菊田喜惣治は斬首、柚木家は改易になるであろうとのことだった。

「すべては、柚木文悟の不調法からはじまりました。ひとつの不運と、いくつかの悪意が重なって、前途有望な若者が死を賜《たまわ》り、三河以来の大身旗本がひとつ消えてしまうのです」

佐太郎の名誉は満天下に知らされるはこびとなったが、最愛のわが子を失った母親にはどうでもよいことなのかもしれない。

法要ののち、和の後見人を自認する中目黒村の鏑木善右衛門から、千代ヶ崎の百姓家にておこなう夜のお斎《とき》にもお越しいただけないかと頼まれ、市之進ともども行かせてもらう旨の返答をした。

しばらくの猶予があったので、池上本門寺《ほんもんじ》に立ちよったあと、志乃と幸恵から「お不動さん」のお守りを頼まれていたのをおもいだし、帰路の途中で目黒不動尊にも詣った。

芝神明社《しばしんめいしゃ》の生姜祭りを最後に大きな秋祭りも終わり、府内は何やら閑散としてしまった印象だが、目黒不動尊の周辺だけは賑《にぎ》わっている。

「さすが、一年でもっとも功徳《くどく》のあるご開帳日だけありますな」

市之進も感嘆してみせるとおり、門前へとつづく参道は大勢の参拝客で溢れていた。

褌《ふんどし》を茶店で借りて独鈷《とっこ》の滝に打たれる偽修験者《にせしゅげんじゃ》もいれば、門前の料理屋にあがって白井権八《しらいごんぱち》と遊女小紫《こむらさき》に因《ちな》む比翼塚《ひよくづか》を拝む男女もいる。若い娘たちや幼子たちは御福の餅を頬張りつつ、割り竹の先端に色鮮やかな餅玉の刺された餅花《もちばな》を楽しそうに振りかざしていた。

ご本尊の不動明王は漆黒の立像で、悪行煩悩《あっこうぼんのう》を焼きつくす瞋恚《しんい》の炎を背に纏《まと》い、鋭利な牙を剝きだして真っ赤な眸子を怒らせている。

にもかかわらず、不動詣でに訪れる人々は遊山《ゆさん》気分の連中ばかりだ。

「詮方ありますまい」

市之進にお守りを買ってこさせ、ふたりは早々に山門から退出した。

目黒川に架かる石の太鼓橋を渡り、急勾配の行人坂を息を切らしながら上る。

途中の大円寺《だいえんじ》で五百羅漢《らかん》を拝むころには、すっかり日も暮れ、いっそう寒さが増してきた。

いつのまにか、雨は熄《や》んでいる。

「秋が深まると、新蕎麦が恋しくなりますな」

食い意地の張った市之進が、ぐうっと腹を鳴らした。

「ふふ、富士見茶屋にでも立ちよるか。新蕎麦は置いてないかもしれぬが、熱々の田楽なら出してくれよう」

「参りましょう。お斎までには、今少し猶予がございます」

「よし」

ふたりは肩を並べ、残りの坂を上りはじめた。

しばらく進んでは立ちどまる。

鉛の草履を履いたように足が重い。

ふと、頭に浮かんだのは、法要で目にした和の顔だ。

何らかの決意を秘めた顔であった。

前方を行く市之進が足を止める。

「義兄上、どうなされた」

「ん、ちと母御のことが案じられてな」

「じつは、拙者も懸念しております」

市之進は深々と溜息を吐いた。

「初七日の法要を無事に済ませたあと、遺族が後追いする例はままございます。母御がそうせぬとは言いきれませぬからな」

「杞憂であればよいが」

坂の頂上へ近づくにつれて不安は募り、辺りの闇も暗さを増していくようだった。

ふたりは苦労して足をはこび、ようやく頂上へたどりついた。

「あっ」

市之進が、驚きの声をあげた。

蔵人介も棒立ちになり、眸子を瞠る。

森家とおぼしき武家屋敷の門前に、篝火が明々と焚《た》かれていた。しかも、篝火は中目黒村のほうへ下る茶屋坂に沿って、左右に点々と繋がっている。

「義兄上、あれは送り火ではありませぬか」

市之進の言うとおりかもしれぬ。

森家の家中や近在に住む大勢の百姓たちが、佐太郎の死を悼《いた》んで送り火を焚いてくれたのだ。

蔵人介は膝の震えを禁じ得ない。

茶屋のほうへ進んでいくと、竹垣の向こうから主人の彦四郎があらわれた。

「仏となった孫のために、御灯明《おとうみよう》をお持ちくだされ」

内を覗けば、座る子もない鞦韆《しゆうせん》が風に揺れている。

蔵人介と市之進の手には、小さな光が灯った。

老若男女が身分のちがいを問わず、列をなして坂を下っていく。

誰もがみな、小さな灯明を手にしていた。

向かうさきは、千代ヶ崎のくずれかけた百姓家にほかならない。

百姓家の門口にも篝火が焚かれ、佐太郎の母は鏑木善右衛門たちに守られていた。

面灯りに照らされた顔は紅潮し、目頭を熱くさせているようにもみえる。

無理もあるまい。

佐太郎の死は、じつに、これだけの人々に惜しまれていたのだ。

人々の温かい気持ちに報いるためにも、和は佐太郎の供養を絶やさぬよう、生きつづけなければならない。

「どうやら、杞憂のようでしたね」

振りかえった市之進の顔は、涙に濡れていた。

「おぬしは、ほんとうに涙もろい男だな」

応じる蔵人介の目頭も、心なしか赤い。

ふたりは空腹も忘れて、送り火の繋がる坂道を軽やかに下っていった。

供養の蕎麦

一

神無月朔日《かんなづきついたち》。

江戸の紅葉は立冬より十日のうちが見頃、神楽坂《かぐらざか》を上っていても屋敷の庭や露地裏に色づいた櫟や楢が垣間みえる。

空は抜けるように青く、穏やかな日の光を浴びれば生気が蘇ってきた。

蔵人介は坂の途中で横道に逸《そ》れ、山茶花《さざんか》の咲く甃《いしだたみ》の小径《こみち》を進んでいった。

軽子坂《かるこざか》の手前で足を止め、四つ目垣に囲まれた小料理屋の簀戸門《すどもん》を抜ける。

夕の七つを過ぎたばかりだが、一杯飲《や》りながら炙った漬《づ》け鮪《まぐろ》が食べたくなり、自然と足が向いた。

表口の掛け行灯には『まんさく』とある。

女将はおよう、艶っぽい大年増だ。柳橋《やなぎばし》の元芸者で、気が向けば三味線の弾き語りも聞かせてくれる。

七年前、実父の叶孫兵衛《かのうまごべえ》はおように惚《ほ》れ、見世の亭主におさまった。千代田城の天守番《てんしゅばん》として三十有余年も忠勤に励んだ反骨漢が、刀ではなしに今は包丁を握っている。

孫兵衛は妻を早くに亡くし、番町《ばんちょう》の御家人長屋でつましく暮らしながら、男手ひとつで蔵人介を育てあげた。そして、御家人の息子を旗本の養子にするという夢は叶《かな》えたものの、十一歳の蔵人介が養子に出されたさきは、たいていの者から敬遠される毒味役の家だった。

当初は毒味役に就かせたことに後ろめたさを感じていたが、長い年月が孫兵衛のわだかまりを溶かしてくれた。前垂れを着けて包丁を握るすがたもすっかりさまになり、料理の腕もめきめきとあがっている。安心して板場をお任せできますと、おようも笑って応じてくれた。

庭の片隅から、金木犀の芳香が漂ってくる。

引き戸を開けて入ると、先客がひとりあった。

店内は狭く、鰻《うなぎ》の寝床《ねどこ》のようだ。細長い床几を挟んで、包丁を握った孫兵衛と客が楽しげに語りあっている。

蔵人介のすがたを認め、ふたりは喋るのを止めた。

「坊《ぼん》かい」

客のほうから声が掛かる。

幼い時分からずいぶん世話になった御家人長屋の隣人だった。

曲がったことの嫌いな頑固一徹《がんこいってつ》な性分も同じなら、妻に死に別れたところも孫兵衛と似通っている。

「牧田《まきた》の小父御《おじご》であられますな」

「そうじゃ。忘れたとは言わせぬぞ。何年ぶりかのう」

もう、四十年近くにはなろうか。

牧田又左衛門《またざえもん》は孫兵衛と同様、ありもしない天守閣を長いあいだ守ってきた。

同じ千代田城の内にいながら顔を合わせる機会は一度もなかったし、養子に出てからは身分のちがう御家人長屋を訪ねてはならぬと、厳格な父に命じられていた。

ゆえに、盆暮れの挨拶もしていない。

「ふふ、おぬしのおしめを何度替えさせられたことか。のう、孫兵衛」

「そうじゃったな。蔵人介はわしより、おぬしのほうに懐《なつ》いておった」

「さあ、来い。こっちに来て、よう顔をみせてくれ。ほほう、ずいぶん立派になりよって。おぼえておるか。おぬしに生まれてはじめて木刀を握らせてやったのは、このわしじゃぞ」

忘れようはずもない。牧田又左衛門はかつて「鬼牧田」の異名をとった甲源一刀《こうげんいっとう》流の達人だった。蔵人介にとっては、剣術のきっかけを与えてくれた師と言っても過言ではない。

「おぬしを養子に出したあと、孫兵衛は長いあいだ魂の脱け殻になっておった。非番の日は仏間に籠もってな、おぬしの母に何やら語りかけておったのだわ」

「おいおい、古いはなしはよせ」

孫兵衛が苦い顔で言い、恥ずかしそうに背をみせる。

又左衛門がこちらに向きなおった。

「今も鬼役をつとめておるそうではないか。さすが、孫兵衛の子だけあって、納豆並みの粘っこさよな。鬼役は命懸けのお役目じゃ。誰にでも容易《たやす》くできるものではない。おぬしのやってきたことは、まさしく、偉業と言うてもよかろう」

「何の。幕臣に課されたお役目のひとつにすぎませぬ。納豆並みの粘っこさと申せば、小父御こそ、隠居なさったという噂は聞きませぬぞ」

短い沈黙ののち、孫兵衛のほうが口をひらいた。

「じつはな、こやつ、隠居を決めたのじゃ」

「えっ、まことに」

「ああ。長男が持筒《もちづつ》同心になったのでな」

三十俵二人扶持と少ないながらも禄を頂戴する目処《めど》も立ったので、このあたりが潮時と踏んだらしい。すでに、長男は春に娶《めと》ったばかりの新妻ともども、四谷《よつや》鮫ヶ《さめが》橋谷町《はしたにまち》の鉄砲坂《てつぽうざか》下にある同心長屋へ引っ越していた。

「ほう、それはめでたい」

蔵人介は心の底から祝福をおくった。

又左衛門は微笑み、少しだけ淋しげな顔をする。

「季節はめぐり、人は年をかさねる。年を取れば、角が取れて丸くなる。されどな、わしはいざというときのために、棘《とげ》を残しておきたい」

含蓄《がんちく》のある台詞を記憶にとどめていると、おようが絶妙の間合いで酒肴《しゅこう》をはこんできた。

「蔵人介さま、おいでなされませ」

品の良い笑みを浮かべ、燗酒《かんざけ》とちぎり蒟蒻《こんにやく》の煮染《にし》めを置く。

蔵人介は、城から携えてきた土産を手渡した。

「白牛酪《はくぎゆうらく》にござります」

「まあ、さような高価なものを」

「御膳所の余り物ゆえ、ご遠慮なされますな」

白牛酪とは生の乳に砂糖をくわえ、とろ火で煮詰めたあとに冷やしたものだ。精がつくので、公方の家慶も大御所の家斉も好んで食す。近頃は御用達の菓子屋で売りだすようになったが、極めて高価な品なので簡単には入手できない。

さっそく、おようが諸白《もろはく》を注いでくれた。

吉野《よしの》杉の香りが、ぷうんと匂いたつ。

「よし、乾杯といこう」

孫兵衛の音頭で三人は盃を空《あ》けた。

「ぷはあ、美味い。こんなに美味い酒は何年ぶりかのう」

又左衛門のことばに、孫兵衛は黙ってうなずいた。

以心伝心で、何でもわかってしまうのだろう。

又左衛門は四十を過ぎてから、年の離れた妻を娶った。ところが、妻は産後の肥《ひ》立《だ》ちが悪くて亡くなり、そののちは後妻を貰わずにここまできた。妻へのおもいが深かったゆえのことだと、孫兵衛に聞いたことがある。だいじに育てあげたひと粒胤《だね》の息子は又一郎《またいちろう》といい、まだ二十歳を超えたばかりの若侍らしかった。

「倅の嫁がおめでたなのじゃ。来春になれば、又左も正真正銘の爺になる」

「それは二重におめでたい」

蔵人介が酒を注いでやると、又左衛門は美味そうに盃を干した。

「美味い。まことに美味いのう」

又左衛門は炙った漬け鮪に箸を伸ばし、口をもぐもぐさせては褒め、芋の煮っ転がしや餡《あん》掛《か》け豆腐や鯔《ぼら》の子籠《こご》もりなども堪能した。

「洲崎《すさき》で獲った青首もあるぞ」

孫兵衛は嬉しそうに言い、網で焼いた真鴨の雄の肉を平皿で出してくれる。

「粗塩《あらじお》を振って食え。千住葱《せんじゆねぎ》とからめてな」

孫兵衛が客として通っていたころ、おようがよく出してくれた一品だ。

今ではすっかり、同じ味を出すことができるようになった。

「忘れもせぬ。天守番も侍もやめて小料理屋の亭主になると宣言したとき、又左《まただ》だけは手放しで賛同してくれおった」

「ふふ、おぬしから侍をやめたいと告白されたときは、天地がひっくり返るほど驚かされたわ。なにせ、孫兵衛にとって、お役目だけが人生だったからな。まわりの連中はみな、こやつの一大決意を莫迦にした。蔑《さげす》んだ者もおる。それゆえ、ひとりくらいは応援せねばなるまいとおもうたのさ」

孫兵衛は、しんみりとこぼす。

「最後の最後で踏んぎりがついたのは、おぬしというへそまがりのおかげかもな」

「そんなはなし、はじめて聞いたぞ」

「あたりまえじゃや。はじめて喋ったのだからな。ふはは」

ふたりは三河万歳《まんざい》の太夫《たゆう》と才蔵《さいぞう》のように、息のあった掛けあいをみせてくれた。

又左衛門はちょろりと酒を舐め、低い声で喋りはじめる。

「正直なことを言えば、堅苦しい身分の垣根を軽々と飛びこえてしまったおぬしが、ちと羨ましかった。ま、それもこれも、おようどののおかげだな」

「気恥ずかしいが、そういうことにしておこう」

おようが顔を赤らめ、白牛酪を皿に盛ってきた。

又左衛門はすすめられ、黄金色の欠片を口に入れる。

「ほほう、これが噂の白牛酪か。甘いだけでなく酸っぱみもあって、なかなかいけるのう。されど孫兵衛よ、わしは蕎麦が食いたくなった。わしの蕎麦好きは知っておろう。新蕎麦を食わしてくれぬか」

「今日はない。こんど、かならず打ってやる」

「こんどこんどと言うて、わしはこんどと化け物には出逢《でお》うたことがないぞ。ふはは」

本気で怒ったように言い、一方では豪快に嗤ってみせる。

蔵人介も、孫兵衛の打った新蕎麦が食べたくなった。

又左衛門が顔を近づけてくる。

「おぬしは毎日、白牛酪のごとき美味いものを食しておるのか。存外、鬼役もわるいものではなさそうじゃ」

「味わう余裕などありませぬ。毒味の御膳ほど味気ないものは、ほかにありますまい。『まんさく』の手料理のほうが、どれだけ美味《おい》しいことか」

「ふむ、そういうものかもしれぬ」

又左衛門に注がれて蔵人介は盃を重ね、久しぶりに酔った。

頃合いをみはからって、おようが蛤の吸い物を出してくれる。

又左衛門は椀を取ってひと口啜り、にんまりほくそ笑んだ。

「絶品じゃな。わしも、およどののようなおなごにめぐりあいたい」

本気とも冗談ともつかぬ台詞を吐き、又左衛門は眸子をとろんとさせる。

ささやかな隠居祝いの宴は、いつ果てるともなくつづいていった。

見世の亭主はどうやら、最初から暖簾を出す気がなかったらしい。

いつまで経っても、ほかの客がはいってくる気配はなかった。

二

三日後、夕刻。

蔵人介は役目を終え、従者の串部を連れて帰り道をたどっていた。

市ヶ谷御門を抜けて西詰めに抜けたところで、絹を裂くような女の悲鳴が聞こえてくる。

「すわっ」

裾を端折《はしよ》り、裃のままで駆けだす。

串部も遅れてはならじと従いてきた。

悲鳴がしたのは、亀岡《かめがおか》八幡宮の門前近くだ。

足を向けてみると、見物の人垣ができている。

人垣を掻きわけると、無頼の侍三人がひとりの老侍と対峙していた。

老いた侍は右腕を横に伸ばし、商人風の父と娘を背中に庇《かば》っている。

おそらく、娘は悲鳴をあげた張本人なのだろう。乱れた襟を寄せて蹲《うずくま》っており、一見して乱暴されかけたことはわかった。

無頼漢どもはまだ若く、立派な拵えの大小を帯に差している。

通行人に難癖をつける辻立ちにしては風体もこざっぱりとしており、どこぞの藩士か幕臣のような印象も受けた。

一方、老侍の後ろ姿にはみおぼえがある。

「助太刀を」

踏みだそうとする串部を、蔵人介は制した。

若侍のひとりが吠える。顎に小豆《あずき》大の黒子《ほくろ》がある優男だ。

「爺、余計な口出しをいたせば怪我をするぞ。その娘はな、刀の鞘に触れたのだ。詫びてもらわねば、侍の一分《いちぶん》が立たぬ」

「ふん、若造め。きゃんきゃん吠えるでない」

「何だと」

「そっちから、わざとぶつかってきたのであろう。わかっておるわ。いちゃもんをつけて金を強請《ゆす》る気であろうが」

「黙れ。年寄りでも手加減はせぬぞ」

吠えた男が刀を抜くや、左右のふたりも抜刀する。

見物人どもは驚き、ちりぢりに逃げだした。

それでも、遠巻きに眺めている。

蔵人介は動かず、静観をきめこんだ。

老侍が「鬼牧田」こと、牧田又左衛門であることを見抜いているからだ。

「わしとやりあう気か。良い度胸じゃ」

又左衛門は身構え、すちゃっと鯉口《こいぐち》を切る。

「老《お》い耄《ぼ》れめ、覚悟せい」

吠えた侍は、顎に小豆黒子のある男だ。

上段に刀身を掲げ、真っ向から斬りつけてくる。

「いえい……っ」

又左衛門は巧みに避《よ》け、擦れちがいざまに胴を斬った。

「ぬぐっ」

小豆黒子は俯《うつぶ》せになり、ぴくりとも動かない。

仲間も見物人も死んだとおもって息を呑んだが、蔵人介と串部だけは白刃が峰に返った瞬間をみていた。

「わしは天守番、牧田又左衛門じゃ。逃げも隠れもせぬゆえ、文句があるなら番町の御家人長屋を訪ねてこい。おぬしら、二度と辻立ちなどするなよ。今度見掛けたら、手加減はせぬぞ」

脅しつけると、残ったふたりは首を縮《すく》める。

「仕舞いじゃ。こやつを連れて去《い》ね」

又左衛門が見事な手並みで納刀すると、ふたりも刀を納めて駆けより、気絶した優男の身を起こした。

「……う、くう」

優男は覚醒し、痛めた腹を押さえた。

「……お、おぼえておれ」

恨めしげに捨て台詞を残し、仲間に両脇を抱えられて去る。

「ざまあみやがれってんだ」

見物人たちのあいだから、拍手喝采が沸きおこった。

助かった商人が財布ごと渡そうとするのを拒み、又左衛門はくるっと踵《きびす》を返す。

そこで、蔵人介と目が合った。

「おう、坊か。そこでみておったのか」

「はい。助太刀するまでもあるまいかと」

「賢明じゃな」

「見事なお手並みでござりました。鬼牧田の力量は、いささかも衰えておりませぬな」

「恥ずかしいものをみせてしもうた。じつはな、亀岡八幡宮にこれを買い求めにきたのじゃ」

又左衛門は照れたように微笑み、安産祈願のお守りをみせる。

「それにしても、昨今はああした手合いが増えおった。あやつらめ、まだ二十歳を過ぎたばかりであろう。ひょっとしたら、お旗本の次男坊や三男坊かもしれぬ。困ったものよの」

「まことに」

又左衛門はお守りを袂に仕舞い、身を寄せてくる。

「まっすぐ家に戻るのか」

「はい。今日はまっすぐに帰らねば」

「神楽坂へは、呑みにいかぬのかい」

「残念ながら」

「さようか。わしはな、蛤の吸い物の味がどうにも忘れられぬのよ」

誘っているのはわかったが、蔵人介は頑として道草を拒んだ。

又左衛門は、がっくり肩を落とす。

「されば、わしも今日はおとなしく帰るとしよう。おう、そうじゃ。亥子餅《いのこもち》も仕込んでおかねばなるまいからの」

初亥《はつのい》の七日までは、まだ三日もある。ずいぶん気の早いはなしだなとおもいつつ、蔵人介は又左衛門の淋しげな背中を見送った。

三

神無月初亥、江戸市中では無病息災を祈って餅を搗《つ》く。

亥《いのしし》は火除《ひよ》けの効験《こうげん》をもたらす眷属《けんぞく》としても知られ、火を扱う炬燵《こたつ》もこの日に開くこととされている。

矢背家でも炬燵が出された。

炬燵にあたるまでもない陽気だが、習慣は守らねばならない。

八《や》つ刻《どき》に縁側でくつろいでいると、空樽《あきだる》拾いの小僧が庭の簀戸を開けて覗きこんできた。

「ごめんくださいまし。矢背のお殿さまはこちらで」

「おお、はいれ」

「文をお届けにあがりました」

「それはご苦労だったな。ほれ、駄賃をやろう」

小銭と交換に文を受けとり、さっそく開けてみる。

実父の孫兵衛からだ。

──番町御家人長屋へ来られたし
よほど急いで書いたのか、字がぐにゃりと曲がっている。

胸騒ぎを禁じ得ず、蔵人介は庭へ飛びおりた。

「どちらへお越しでしょうか」

と、幸恵が奥から声を掛けてくる。

「父上のところじゃ」

それだけを言いのこし、庭下駄をつっかけて冠木門《かぶき》を抜けた。

幼い時分に暮らした番町の長屋には、もう他人が移り住んでいる。

孫兵衛と格別に親しい者といえば、牧田又左衛門しかおもいつかなかった。

「まさか、牧田の小父御に何かあったのか」

亀岡八幡宮の門前近くで目にした光景が脳裏を過ぎる。

もしかしたら、無頼の侍どもに報復を受けたのかもしれない。

禍々《まがまが》しい予感を振りはらい、下駄を手に抱えて浄瑠璃《じようるり》坂を駆けおりる。

内濠《うちぼり》沿いの土手道を走って市ヶ谷御門を抜け、迷路のような番町の隘路《あいろ》へ踏みこんでいった。

やがて、幼い時分に暮らしていた御家人長屋の木戸門がみえてくる。

朽《く》ちかけた門を潜ると、奥のほうに長屋の住人たちが集まっていた。

「小父御」

どぶ板を下駄で踏みしめて駆けよせる。

女たちの啜り泣く声も聞こえてきた。

「後生《ごしよう》だ。通してくだされ」

人垣を掻きわけて部屋を覗くと、上がり框《かまち》に座った孫兵衛がこちらを睨みつける。

招じられて土間へ進むと、線香の匂いが漂ってきた。

板間にあがって廊下を進み、仏間らしき部屋へたどりつく。

畳には白い蒲団が二枚敷かれ、顔を白い布で覆った男女が寝かされていた。

牧田又左衛門が枕元にぺたんと座り、虚《うつ》ろな眸子を宙に泳がせている。

「こっちじゃ」

孫兵衛が囁いた。

「長男の又一郎どのと、嫁の民恵《たみえ》どのじゃ。まずは線香を」

蔵人介はうなずき、線香台の前でひざまずく。

又左衛門がこちらも向かず、掠れた声を掛けてきた。

「蔵人介どの、倅の顔を拝んでやってくだされ」

言われたとおりに膝を躙りよせ、白い布を取りのぞく。

「うっ」

おもわず、仰けぞりそうになった。

息子の又一郎は、武悪面のように口をへの字に曲げている。

穏やかな死に顔とはほど遠い面相だった。

「こやつ、よほど口惜しかったのであろうよ……くう、くく」

又左衛門は嗚咽《おえつ》を漏らし、血が滲むほど拳を握りしめる。

慰めようもない。

蔵人介は居たたまれず、孫兵衛をともなって部屋を出た。

「父上、いったい、何があったのでござりますか」

「詳しいことは知らぬ。ふたりで亀岡八幡宮へ安産祈願に向かった帰り、暴漢どもに襲われたらしい」

「暴漢ども」

「みたものはおらぬ。少なくとも、町方はそう言うておる。無惨なほとけがみつかったのは、紀州さまの御屋敷に近い間《あい》ノ原《はら》じゃ」

大きな南天桐のそばに、襤褸布《ぼろぬの》のように捨ててあったという。

「昼の日中でも人気の少ないところじゃ。どうして、あんなところへ行ったのか。又左も見当がつかぬらしい」

孫兵衛は、真っ赤に腫《は》れた目で喋りつづけた。

「もっとわからぬのは、身ぐるみを剝《は》がされておらなんだことだ。又一郎どのの懐中には、印伝《いんでん》の紙入れも残されておった。辻強盗のたぐいであれば、何もかも盗まれておったに相違ない」

「目途は盗みでないと仰る」

「たぶんな。それと、言い辛いことじゃが、民恵どのは手込めにされておったらしい」

「何ですと」

「腹もだいぶ大きゅうなっておった。孕《はら》んでおることがわからなんだはずはない。だとすれば、鬼畜の所業じゃ」

又一郎の遺体は膾《なます》に刻まれていたという。一方、民恵に刀傷はなく、舌を嚙みきった痕があった。

手込めにされた屈辱に耐えきれず、舌を嚙んだのであろうか。

それとも、夫の死を目前にして、生きる気力を失ったのか。

いずれにしろ、想像を絶する仕打ちにあったのは明らかだ。

「遺体を戸板ではこばせた黒羽織の同心が言うておった。下手人をみつけるのは難しいそうじゃ」

どうせ、捜す気もないのだ。蔵人介は草の根を分けてでも、下手人どもをみつけださねばならぬとおもった。

仏間へ戻ってみると、又左衛門は惚《ほう》けた顔で座っていた。

孫兵衛が後ろから囁きかけてくる。

「わしは残る。又左が落ちつくまで、そばにおるつもりじゃ」

「そうしてあげてくだされ。拙者は下手人の探索に向かいます」

「頼むぞ、蔵人介」

孫兵衛の濁った眸子には、怒りの炎が閃いている。

蔵人介は俯いたままの又左衛門に一礼し、かつては自分の住まいであった御家人長屋をあとにした。

四

茜空は暮れゆき、頬を撫でる風は冷たい。

四谷御門から真田濠《さなだぼり》に沿って南へ進むと、喰違門にいたる。門と言っても石垣をめぐらせた枡形《ますがた》門ではなく、土塁《どるい》を喰い違いに積んだだけの防塁だ。喰違門から赤坂御門までの濠は弁慶濠《べんけいぼり》と呼び、真田濠よりも水位がずいぶん低い。

喰違門から南西をのぞめば、紀州家中屋敷の海鼠塀がそそりたっている。

頑強な海鼠塀に沿って右手へ進み、最初の三ツ股を左手へ折れた正面に、間ノ原はひろがっていた。

まっすぐ進めば、鮫ヶ橋坂へいたる。さらに、谷のほうへ下りていけば、又一郎と民恵の暮らしていた持筒同心の長屋へたどりつくことはできた。だが、亀岡八幡宮のある市ヶ谷御門のほうからは、相当な迂回路《うかいろ》となる。通常ならば、四谷御門前から西念寺《さいねんじ》横町を抜けて帰るはずだった。

「妙だな」

牧田又一郎が孕んだ妻を連れて、わざわざ迂回路を通るであろうか。

みずからの意志でこの道を選んだのでなければ、何者かに導かれたことになる。

ただ、導かれたにしても、昼でも物淋しい間ノ原なんぞへ、容易に従《つ》いていくだろうか。

脅されたのかもしれない。しかも、相手が顔見知りの線も考えられる。

蔵人介はさまざまに想像をめぐらし、地蔵のある辺りまでやってきた。

鼻の欠けた地蔵ならば、以前にも見掛けたことはある。

「そいつはね、瘡《かさ》地蔵さ。瘡で鼻を無くした夜鷹の守り主だよ」

おごうという薹《とう》の立った夜鷹が、そう教えてくれたのだ。

ひょっとしたら、瘡地蔵は凶事をご存じなのではあるまいか。

すでに日は落ち、辺りは薄暗くなりはじめている。

瘡地蔵をみつけた。

襤褸《ぼろ》を纏った願人坊主が蹲り、お供えの餅を貪《むさぼ》っている。

願人坊主は蔵人介に気づき、這々《ほうほう》の体《てい》で逃げていった。

「おい、待て。待ってくれ」

盗人坊主の消えた薄闇のなかで、瘡地蔵が微笑を湛えていた。

花が手向《たむ》けてある。

白い花弁に黄金のおしべ、茶の花だ。

「亀岡八幡宮のなかに、茶ノ木稲荷があるだろう。そこから摘んできたんだよ」

女の声に振りむけば、夜鷹のおごうが立っていた。

「鬼役の旦那、また会ったね。わたしのこと、おぼえておいでかい」

「忘れるはずがなかろう」

蔵人介は目を輝かし、片手で拝んでみせる。

「ふふ、どうしたのさ。あたしゃ観音様じゃないよ」

「いいや、おぬしには後光が射してみえる。瘡地蔵に茶の花を手向けた理由を教えてくれぬか」

「後ろの原っぱで武家の夫婦が亡くなっていたのさ。ご新造《しんぞ》のほうは孕んでいた。安産祈願のお守りを握っていてね、亀岡八幡宮で求めたお守りさ」

「わざわざ、縁のあった茶の花を摘みにいってやったのだな」

「そうさ。せめてもの供養にね」

「下手人を捜しておる。誰か、惨事をみた者はおらぬか」

「いるよ」

おごうはあっさりこたえ、右手を差しだした。

「ごめんね。いくら旦那でも、無料《ただ》じゃ教えてあげないよ」

「わかった。こいつでどうだ」

蔵人介は、ぴんと指で小粒を弾いた。

おごうは上手に受けとり、素早く袂に仕舞う。

「さっき、お供えの亥子餅を盗んだ願人坊主がいただろう。くしゃみばかりしているから、綽名は苦春《くしゅん》っていうんだけど、そいつがみたらしいよ」

「どこにおる」

「小粒をもう一枚くれたら、ねぐらに案内してあげる」

言うとおりにすると、おごうは歯の無い口で笑い、さきに立って喰違門のほうへ歩きはじめた。

土手を上って下り、真っ暗な道を真田濠の端に向かう。

澱《よど》みのほうから「くしゅん、くしゅん」とくしゃみが聞こえてきた。

さらに近づくと、壊れかけた屋根船が汀《みぎわ》に浮かんでいる。

暗闇に獣のような眼光が瞬《またた》き、龕灯がこちらに翳された。

「誰だ」

「夜鷹のおごうだよ」

「何だ、姐《あね》さんか」

「おまえさんに、はなしを聞きたいという人を連れてきた」

蔵人介がのっそり前へ出ると、苦春は「うげっ」と叫んで逃げようとした。

「待ちなよ。この音が聞こえないかい」

おごうは二枚の小粒を擦りあわせ、掌でもてあそんだ。

銭は飢えた者の心を搦《から》めとる。

苦春は逃げるのをやめた。

「あんた、武家の夫婦を殺めた連中をみたんだろう。この人はね、下手人を捜しているんだよ」

「ありゃ、ひでえ仕打ちだった。おもいだしたくもねえ」

蔵人介は屈みこむ。

「そこを何とか頼む」

「旦那、下手人を捜してどうすんだい。成敗してくれるってなら、はなしてやってもいいよ」

「約束しよう。きっと亡くなった者たちの恨みを晴らす。おぬしが喋ってくれれば、ふたりも成仏できるはずだ」

「わかりました」

苦春は、ぼそぼそ喋りだす。

「あれは正午《ひる》の少し手前だったかと。腹が空いたので瘡地蔵のところへお供物《くもつ》を探しにまいりますと、草叢《くさむら》のほうで話し声が聞こえてまいりました」

腹這いで近づいてみると、南天桐のそばで五人の暴漢どもが武家の男女を取りかこんでいた。女のほうは孕んでいたので、囲まれている男女は夫婦にちがいないと、苦春は察したらしい。暴漢五人のうちの四人は布で顔を隠し、ひとりだけ深編笠をかぶっていたという。

「深編笠の男が『身の程をしらぬ御家人の倅め』と怒鳴ると、夫は土下座の恰好で命乞いをしましたが、布をかぶった連中から羽交い締めにされました。そして、夫の目の前で、ご新造は手込めにされたのでござります」

「まことか、それは」

「はい。五人の男がつぎつぎと。ただ、ひとりだけは挑んでも果たせず、みなから小莫迦にされました。夫は血の涙を流して必死に抗おうとし、布をかぶったひとりに肩口から斬られました。ほかの連中からも膾に斬り刻まれ、とどめは深編笠の男が腹を田楽刺しにいたしました。夫が亡くなったのを見届け、ご新造は舌を嚙んだのでござります」

苦春は「くしゅん、くしゅん」と、たてつづけにくしゃみを放つ。

惨劇の一部始終を眺めていたときは、くしゃみも忘れていたらしい。

「地獄絵だね」

と、おごうが漏らす。

あまりの凄惨さに、蔵人介はことばを失った。

だが、みずからを鼓舞して、冷静になるように言い聞かせる。

「深編笠の男は『身の程をしらぬ御家人の倅め』と言ったのだな。それは確かか」

「はい」

ということは、暴漢どもは通りすがりの者たちではなく、牧田又一郎の素姓を知っていた連中ということになる。

顔見知りの凶行なのだ。しかも、地の利のある者たちだとしたら、顔を隠さねばならなかった理由も解ける。偶《たま》さか通りかかった誰かに正体を見破られぬためだ。見破られる公算が大きかったがゆえに、顔を隠したとも言える。

おそらく、又一郎も知っている連中だろう。それゆえ、間ノ原まで従いてきたのだ。

誘ったのはひとりか、あるいは、少人数だったのかもしれない。誘われるがままに間ノ原へ来てみたら、残りの悪漢どもが待ちかまえていたのだ。

恨みに根ざした強烈な悪意が感じられる。

「そう言えば、深編笠をかぶったやつの顎をみました」

「顎」

「はい。顎に小豆ほどの黒子があったのをおぼえております」

「げっ」

亀岡八幡宮の門前近くで目にした辻立ちの若侍だ。

牧田又左衛門は堂々と名乗り、来るなら来いと見得を切った。

あのときのことを恨みにおもって、息子夫婦を血祭りにあげたのか。

だとすれば、やり方が卑劣すぎる。

蔵人介は怒りの炎で胸を火傷《やけど》しそうになった。

「旦那、仇《かたき》を討ってやっておくんなせえ」

願人坊主の苦春とおごうに礼を言い、蔵人介は高い土手を上った。

ぽつぽつと降りだした雨が、目にみえるほどになっている。

濡れた草が臑に絡みつき、おもうように進まない。

女の髪にまとわりつかれているかのようだ。

苦春によれば、深編笠の侍と別れた四人組は、鮫ヶ橋坂を通って谷町のほうへ向かったらしい。

蔵人介は漆黒の闇を探りながら、同じ道をたどった。

そして、行きついたさきには、番町の御家人長屋と似通った木戸門が立っていた。

蔵人介は雨に打たれながら、木戸門の脇の潜り戸を抜ける。

そこは、持筒方の同心長屋だった。

五

翌晩、鉄砲洲。

蔵人介は串部とともに、巷間《こうかん》で評判の料亭へ足をはこんだ。

三座の芝居小屋に飾るような大看板には『船太郎《ふなたろう》』とある。

何が評判かと言えば、店内の中央に海水で満たされた広大な生け簀《いす》があり、鯔だの鯖だのといった旬の魚が泳いでいることだった。

客は生け簀をぐるりと囲んだ床几《しょうぎ》に陣取って「あれがいい、そいつをくれ」などと指差し、食したい魚を指定する。それを料理人が網で掬《すく》って目の前でさばき、刺身や焼き物や揚げ物にして提供する。

もちろん、酒も用意されており、垢抜けた娘たちが席をまわって酌《しゃく》をしてくれる。これで繁盛しないわけはないのだが、席代はやたらに高い。ひとりにつき一分《ぶ》を払わねばならず、これにくわえて酒と料理代が掛かる。ゆえに、客の多くは話題好きの金持ちや放蕩者《ほうとうもの》、あるいは、泡銭《あぶくぜに》を摑んだ小悪党どもで占められていた。

蔵人介と串部は席代だけ払い、酒一合ずつとお通しの嘗めものだけで四半刻ほど粘っている。客は大入りで、生け簀を挟んで向かいの席では、さきほどから四人の月代侍たちが賑やかに酒を呑んでいた。

「あれが大熊《おおくま》組の連中でございます」

串部がわずかに顎をしゃくる。

持筒同心のなかで急に羽振りのよくなった連中はおるまいかと、串部に命じて調べさせたところ、与力の大熊兵太夫《へいだゆう》に率いられた組下の連中が『船太郎』で毎晩のように酒盛りをしていることがわかった。

千代田城の表向きに通じる中ノ門を守る持筒組は、役高千五百石の持筒頭三人のもとに、各々、与力十騎と同心五十人ずつが配されている。与力一騎と同心五人がもっとも小さな組単位で、宿直の交替などを決める基準になっていた。

同じ組の同心たちは、非番の際も行動をともにする機会が多い。薄給取りの向かうさきといえば、安い一膳飯屋が関の山だ。

ところが、大熊組の連中はちがう。

羽振りの良さで言えば、今宵集《つど》った客のなかでは群を抜いていよう。

串部は気づかれぬように、こちらに顔を向けて喋った。

「声のでかい巨漢がおりましょう。あれは筆頭同心の栗野武八《くりのぶはち》にございます。隣で太鼓持ちをやっている小さいのが相原角三《あいはらかくぞう》、ひょろ長いほうが小笹銑十郎《こざさせんじゅうろう》でござる。そしてもうひとり、気の弱そうなのがおりますな。あれは吉沢孝作《よしざわこうさく》と申します。小笹は馬庭念流《まにわねん》の練達《れんたつ》で、二年前に上州《じょうしゅう》浪人から幕臣に引きあげられました。引きあげたのは与力の大熊で、小笹は大熊の命ならば何でもやるそうです」

「それは、おぬしの憶測であろう」

「ま、そうなのですがね」

与力の大熊は気性が荒く、評判の芳しくない人物で、朋輩《ほうばい》の与力や他の組の同心からは毛嫌いされているらしかった。組頭の性分は組風を左右する。大熊組の面々は粗暴な栗野を筆頭に素行の悪さがめだち、持筒方のなかでは腫れ物のように扱われていた。

「腫れ物にも、それなりの使いようがござります。大熊兵太夫は抜け目のない男で、持筒頭の中根《なかね》刑部《ぎょうぶ》から重宝されておるようです。おそらくは、そのことも組下の連中が増長する一因かと」

「なるほど」

不幸にも、その大熊組に欠員が出た。

そこへ塡《は》めこまれたのが、牧田又一郎であったという。

何故、天守番の子である又一郎が持筒組にはいることができたのか。

串部の調べたかぎりでは、中根刑部の推挙によるものだったらしい。

「多少入りくんだはなしになりますが、持筒方に属する与力同心の多くは、市ヶ谷左内坂町《さないざかまち》で甲源一刀流の看板を掲げる関弥五郎《せきやごろう》どのの道場へ通っております」

「関道場と申せば、幕臣のあいだで知らぬ者はない。稽古の厳しいことで知られる町道場だな」

「はい。そこへ、又一郎どのも通っておられました。力量はなかなかのもので、師範代を負かすこともあったとか」

ただし、中根刑部の目に止まったのは、剣の力量ではなかった。

「関弥五郎どのには、門弟たちの誰もが憧れる美しい一人娘がおりました。その娘が又一郎どのと恋仲になり、夫婦の契りを結んだのでござります」

娘の名は民恵、又一郎の子を孕みながらも不幸な結末を迎えねばならなかった妻女のことだ。

蔵人介は胸苦しさをおぼえた。

苦春の語った凄惨な光景が頭を過ぎったのだ。

「道場主の娘を娶ったからといって、天守番の子を持筒同心に推挙する理由はござりませぬ。中根刑部の意図は判然といたしませぬが、又一郎どのにとってはそれが命取りとなりました」

妻女の民恵は孕んでいたにもかかわらず、暴漢どもから手込めにされている。

単なる恨みではなく、蔵人介はその点に狂気じみた執念深さを感じていた。

又左衛門に人前で恥を掻かされたことへの報復だけにとどまらず、暴漢どもは何かもっと根深い悪意に衝《つ》き動かされたのではあるまいか。

又一郎が推挙された経緯を聞き、蔵人介はそんなふうにおもった。

「串部よ、顎に小豆大の黒子がある男については、何かわかったか」

「与力の大熊兵太夫にも、組下の同心四人にも、小豆黒子はござりません。頭の中根刑部については顔を拝んでおりませぬが、殿が目にした相手と年がちがいすぎます」

「間ノ原には五人の侍がいた。ひとりは深編笠をかぶり、ほかの四人は布で顔を隠しておったという。深編笠の男が首領格であることは確かだ。何としてでも、そやつをみつけださねばならぬ」

「布で顔を隠した連中が、あそこの同心どもだったとすれば、編笠野郎の尻尾を摑むことができるかもしれませぬ」

蔵人介は盃を舐めつつ、じっと四人に注目した。

ほかの連中がはしゃぐなか、ひとりだけ浮かぬ顔の若侍がいる。

「吉沢孝作でござりますな」

すかさず、串部が応じた。

「よいところに目をつけられた。吉沢は半年前に組下へ配されました。父は富士見宝蔵番で、しかも、母を病で早くに亡くしている。出生が又一郎どのと似ております」

「そのようだな」

幕臣のあいだには「富士天《ふじてん》」なる隠語がある。「富士」は城内の御金蔵《ごきんぞう》を守る富士見宝蔵番、そして「天」は百八十年前の明暦《めいれき》の大火で焼失して以来、ありもせぬ天守閣を守る天守番をしめす。いずれも閑職であるところから「富士天」への異動は左遷を意味した。

吉沢ならば、無惨な死に方をした又一郎に少しは同情しているかもしれない。

願人坊主の苦春も「ひとりだけは挑んでも果たせず、みなから小莫迦にされました」と言っていたではないか。

ひょっとしたら、それは吉沢なのではあるまいか。

「よし、あやつを責めてみよう」

蔵人介はつぶやき、ひっそり席を退った。

六

殷々《いんいん》と読経の響くなか、牧田又一郎と民恵の遺体は荼毘《だび》に付された。

九日の夜、民恵の父である関弥五郎のたっての希望で、故人を偲ぶお斎《とき》が営まれることとなり、関わりのある人々が市ヶ谷左内坂町の道場へ集まった。

蔵人介と孫兵衛のすがたもある。

牧田又左衛門は終始無言で、俯いたまま誰とも目を合わせない。

涙は乾いてしまったようで、最愛の息子が骨になっても取り乱すことはなかった。

日頃から心身の鍛錬を怠らぬ侍でなければ、疾《と》うに自分を見失っていたことだろう。

「今の又左を支えておるのは、鬼神をも遠ざけるほどの忿怒《ふんぬ》かもしれぬ」

筋張った顔の孫兵衛が、みずからに言い聞かせるようにこぼす。

「息子夫婦を死にいたらしめた者を死んでも許さぬという復讐心、それだけがあやつを生かしておるのやもしれぬ」

道場の板の間では、あらかじめ用意されていた酒肴もふるまわれた。

鮫ヶ橋谷町の持筒同心長屋からも朋輩たちが訪れるなか、酒気を帯びた不届きな連中が賑やかにやってくる。

又左衛門も関も眉をひそめた。

「大熊組の連中でござる」

と、後ろに控えた串部が囁く。

まずは、筆頭同心の栗野武八がふてぶてしい態度で歩みより、巨体を丸めて関弥五郎に頭を下げた。

「こたびはご愁傷《しゅうしょう》さまでござる」

酒臭い息を吐き、焼香台に近づいて、ぞんざいに焼香をあげる。

これに相原角三、小笹銑十郎とつづき、最後は吉沢孝作が焼香をやり終えた。

吉沢は正体を失うほど酔っており、挨拶のことばを繰りだそうとしても呂律《ろれつ》がまわらない。

関が怪訝《けげん》な表情をみせると、吉沢は素っ頓狂な声を張りあげた。

「瘡地蔵はご覧になった。とくとご覧になったのでござるぞ」

仕舞いには絶叫しながら泣きだす始末で、なだめようとする関の手を振りほどくや、腰の刀を抜こうとする。

栗野の太い腕が伸びた。

吉沢の襟首を摑んで引きよせ、頬を平手打ちにする。

びゅっと鼻血が飛び、吉沢はその場にへたりこんだ。

「ぬひゃひゃ、この莫迦、伸びちまった」

お調子者の相原が、吉沢の脇腹を蹴りつける。

小笹は冷たい目でみつめていたが、栗野に命じられて吉沢のからだを持ちあげ、軽々と肩に担いでみせた。

顰蹙《ひんしゅく》を買って退出する連中の後ろ姿を、又左衛門と関が凄まじい形相で睨みつける。

そこへ、与力の大熊兵太夫があらわれた。

髭の剃《そ》り跡の濃い、小肥りの男だ。

関の面前につかつかと歩みより、懐中から香典を差しだす。

「頭の中根刑部さまから預かってまいった。しかと渡したぞ」

大熊は焼香もせず、くるっと背中を向ける。

「お待ちを」

関が一喝した。

「大熊さま、組下の者どもの狼藉を、いつまで見逃すおつもりか」

「何じゃと」

大熊は首を捻り、眦《まなじり》の脈を浮きたたせる。

「おぬし、誰にものを言うておる。町道場主の分際で、持筒与力に意見する気か。少しばかり剣ができるからというて、図に乗るでないぞ」

「栗野武八と相原角三は、一年前まで当道場の門弟にござりました」

「わかっておるわ。おぬしが素行不良の烙印《らくいん》を押し、破門にしたのであろうが」

「大熊さまが甘やかすからにござります」

「何じゃと。破門をわしのせいにする気か」

大熊は刀を抜かんばかりに激昂《げつこう》する。

関は怯まない。

「あの連中はかつて、娘の民恵を道場の裏手へ連れだし、乱暴狼藉をはたらこうといたしました。そのときは亡き牧田又一郎どのが助けにはいり、危うく難を逃れましたが、そのことがあって、拙者はあの者たちを破門にせざるを得なかったのでござる。破門とひきかえに、いっさいを不問にすると申しあげたはずだ。あのとき、大熊さまは『二度と無体《むたい》なまねはさせぬ。ふたりにきつく灸《きゅう》を据えるゆえ、口外無用にしてほしい』と、頭を下げられましたな。あれから、まだ一年しか経っておりませぬ。よもや、忘れたとは言わせませぬぞ」

「ご託《たく》を並べるでない。娘を失ったからというて、組下の連中を悪く言うたら承知せぬぞ」

「さきほど、吉沢なる同心が妙なことを叫びました。『瘡地蔵はご覧になった。とくとご覧になったのでござるぞ』と。娘夫婦の遺体がみつかった間ノ原には、鼻の欠けた地蔵が一体ござります。吉沢なるもの、何か知っているのやもしれませぬ。大熊さま、あの者をお調べください。後生《ごしょう》にござります」

「おぬし、組下の連中を疑っておるのか」

関はこたえず、重い沈黙が流れた。

いつのまにか、大熊の背後には又左衛門が立っている。

「ひぇっ……な、何じゃ、おぬしは」

「一度お目に掛かり申した。牧田又一郎の父でござる。さきほど、関弥五郎どのが仰ったこと、拙者からも重ねてお頼み申す。けっして、組下の方々を疑っておるわけではござらぬ。だいいち、徳川家に仕える幕臣たる者が、ああした卑劣非道なおこないをするわけがない。ただ、知りたいのでござる。倅と嫁を殺めた連中に繋がることならば、どのような些細《ささい》なことでも知りたいのでござるよ」

又左衛門の鬼気迫る態度に気圧《けお》され、大熊はどんと尻餅をついた。

関が助けおこすと、大熊は抱えられた腕を乱暴に振りほどく。

「触るでない。ふん、貧乏道場主め。わしを怒らせたら、これしきの道場など鼻息ひとつで吹きとぶのだぞ。よいのか、それでも」

反骨の道場主は、堂々と胸を張った。

「ようござる。かような道場のひとつやふたつ、潰れたところで悲しむ者もおらぬ」

「言うたな。香典を返せ。さっき渡した中根さまの香典じゃ。おぬしの道場は束《そく》脩《しゅう》を取らぬゆえ、幕臣どもから人気がある。されどな、中根さまのご援助無しでは立ちいかなくなるのだぞ。それを承知で、わしに楯突《たて》くのだな」

「いかようにも、お受けとりくだされ」

「よし、中根さまにしかと伝えよう」

大熊は香典を鷲掴みにし、けたたましい跫音とともに去った。

がっくりうなだれた関を、又左衛門が励ましている。

唯一、子を失った虚しさを分かちあえる者同士、やり場のない怒りと悲しみを新たにしたのだろうか。

それにしても、関の語った一年前の逸話が引っかかる。

少なくとも、組下のうちのふたりは道場主の娘に悪ふざけを仕掛けていた。

助けにはいった又一郎のせいで破門にされたと、逆恨みを抱いたとしても不思議ではないのだ。

ともあれ、関は大熊組の連中に疑いを抱いている。

一度はなしをじっくり聞いてみたかったが、蔵人介はその機会を逸した。

関弥五郎は夜も更けてみなが去ったのち、何と、自刃《じじん》してしまった。

呑めない酒を無理に喉へ流しこみ、脇差で喉首を掻っきったのだ。

蔵人介は凄惨な情況を直に検分できなかったが、押っ取り刀で駆けつけた串部は町奉行所の検使役が自刃と断じかねているのを知った。

上手に聞きだしてみると、理由はふたつあったという。

ひとつは自刃にしては血の量が少なすぎること、もうひとつは右手に握った脇差が容易に掌から離れたことだ。

「酒で溺死させられてから喉を裂かれ、脇差を持たされたのかもしれませぬ」

串部の憶測は、けっして根拠のないものではない。

蔵人介は凶事の核心に迫るべく、行動を起こした。

七

十日、亥ノ四つ半。

亀岡八幡宮の時の鐘が、深い闇に殷々と響いている。

蔵人介は両手で耳を塞《ふさ》ぎ、猿轡を嚙まされた若侍を睨んだ。

「気づいたようだな。ここがどこかわかるか。谷町の同心長屋ではないぞ。時の鐘が聞こえたな。あれは、すぐ隣の鐘撞《つ》き堂で打たれたものよ。ふふ、わかったか。ここは八幡宮の拝殿だ。忍びこむのに苦労したぞ」

若侍は身を縮め、脅えきっている。

大熊組に属する同心のひとり、吉沢孝作であった。

長屋で寝入ってからの記憶が、はっきりしない。間ノ原で凄惨な光景を目《ま》の当たりにして以来、醒めることのない悪夢のつづきをみているような気がしていた。

蔵人介が、ぬっと顔を近づける。

「一見すればわかる。おぬしは良心の呵責《かしゃく》に耐えかねているようだ。みずからの犯した罪を洗いざらいぶちまけてみよ。他人は騙せても、おのれは騙せぬぞ。ほれ、あれをみるがいい」

蔵人介が顎をしゃくったさきには、黒光りした甲冑《かっちゅう》が鎮座している。

「あれが何かわかるか。八幡宮のご神体だ。おぬしが黙して語らねば、ご神体はお怒りになろう。嘘を吐けば、腰に帯びた大太刀で一刀両断になされよう。どうだ、喋る気になったか」

吉沢は眸子を瞠り、何度もうなずく。

蔵人介は猿轡を外し、手足を縛った縄も解いてやった。

「叫ぼうと、逃げようと、わしはかまわぬ。どこに居ようと、神仏はおぬしをみつめておるぞ。さあ、ご神体に誓うのだ。けっして、嘘は吐かぬ。包み隠さず、すべてをはなすとな」

吉沢はご神体と信じこまされた甲冑に恐懼《きようく》し、冷たい床に額ずいて身を震わせた。

「さあ、喋ってみろ。初亥の日に何があったのだ」

「……ま、牧田どのとご妻女を……せ、拙者がお誘い申しあげました」

「声が小さくて聞こえぬな」

耳許で囁くと、吉沢は両手を合わせて拝みだす。

「……め、命じられて、拙者がお誘いしたのです。紀州さまの中屋敷前に古着市が立っているので、ご妻女ともども参られぬかと、嘘を吐いたのでござります」

「古着市だと」

「牧田どのはあまり乗り気でないご様子でしたが、ご妻女のほうが参りましょうと手を引かれました。八幡宮で安産祈願のお守りを求めたあとだったので、お気持ちが昂《たか》ぶっておられたのやもしれませぬ」

「それで」

「真田濠に沿って、紀州さまの御屋敷へ向かいました。まだ正午前だったかとおもいます。汗ばむほどの陽気で、喰違門の辺りに繁った木々が見事に色づいておりました」

紅葉を楽しむなら必見のいろは紅葉があるなどと嘘を吐き、吉沢はふたりを紀州屋敷ではなく、間ノ原のほうへ巧みに導いていったという。

鼻の欠けた瘡地蔵の横を抜けて奥へ進むと、丈の高い南天桐の佇むそばに四人の男たちが待ちかまえていた。

「三人は布で顔を覆っておりました。それが栗野さまや小笹どのであることはわかりましたが、ひとりだけ深編笠をかぶった御仁が誰なのかはわかりませんでした。ただ、栗野さまたちはご存じの様子で」

「おぬしに誘う役目を命じたのは、筆頭同心の栗野か」

「……い、いいえ。前日の六日夜、栗野さまもおられるまえで、大熊さまに命じられました」

「与力の大熊兵太夫か」

「はい」

中ノ門の守りに就いていたとき、控え部屋に呼ばれて命じられたらしい。

「されど、大熊兵太夫は間ノ原に来なかったのだな」

「『あとのことは栗野に任せる』と、仰せになりました。それゆえ、待っているのは、てっきり三人だけかと。それに、あのような酷い仕打ちをするとは聞いておりませんでしたし、想像だにしておりませんでした。天地神明に誓って、まことでござります。大熊さまは『新入りゆえ、ちとかわいがってやるだけじゃ』と仰せになりました」

「ふむ、それで」

「牧田どのはご妻女を庇い、拙者を睨みました。『これはいったい、何のつもりだ』とお怒りになり、腰の刀に手をお掛けに。すかさず、小笹どのが斜めから踏みこみ、抜き打ちに面を打ちこみました」

峰打ちであったという。

牧田又一郎は額を割られて昏倒《こんとう》し、後ろ手に縛られた。

その間隙《かんげき》を衝いて、獣どもは民恵に群がった。栗野と相原が着物を脱がせ、仰向けにして両腕を押さえつけ、まず最初に深編笠の侍が狼藉をはたらいた。そして、栗野、小笹、相原の順で、民恵を陵辱《りようじよく》していったという。

孕んだ妻が手込めにされる凄惨な光景を、覚醒した夫は直視させられた。半狂乱になって叫んでも、男たちは止めようとしなかった。

「おぬしはどうしたのだ」

「同じことをやらねば斬ると脅され、大きくなりかけた腹に覆いかぶさりました。拙者を睨んだご妻女の目が忘れられませぬ……あ、あれは、この世のものをみる目ではござりませなんだ」

吉沢は萎《な》えて果たせず、気づいてみると、組みしいた民恵は舌を嚙んでいた。

「振りかえると、牧田どのは膾に斬られておりました。深編笠の御仁は興奮の面持ちで『そやつも斬ってしまえ』と、拙者を指差しました。四つん這いで必死に命乞いをすると、四人は大笑いしながら『冗談じゃ、冗談』と言いはなち、ふたりの亡骸《なきがら》を置き去りにしてその場を去ったのでございます」

「それが顚末か」

「はい」

「無惨なはなしだな」

「……も、申しわけございませぬ」

吉沢は、ほかにも何か言いたそうにした。

蔵人介は怒りを抑え、冷静になろうとする。

「どうした。ほかに隠していることでもあるのか」

「……か、過分な報酬を頂戴しました」

「誰から」

「与力の大熊さまでござります。ほかの方は存じあげませぬ。拙者は十両もの大金を手渡され、他言無用にせよと念押しされました……も、申しわけございませぬ」

「今さら謝っても、取りかえしはつかぬ。おぬしは、やったことの償いをせねばなるまい。それからもうひとつ、民恵どのの父御も、おぬしらが殺めたのか」

「えっ」

「ちがうと申すなら、ご神体に向かって、嘘は言わぬと誓え」

刹那、甲冑が動いたように感じられた。

——かしゃっ。

黒糸威《おど》しの直垂《ひたたれ》が音を鳴らし、つぎの瞬間、ずんと甲冑が立ちあがる。

「ふえっ」

吉沢は腰を抜かした。

甲冑は一歩踏みだし、草摺《くさず》りとともに近づいてくる。

「ご神体はお怒りじゃ。正直に喋ったほうが身のためだぞ」

「後生でござる。お許しくだされ」

吉沢が土下座すると、甲冑は歩みを止めた。

「ほれ、つづけよ」

「……は、はい。拙者は道場へ向かいませんでした。されど、栗野どのと小笹どのと相原どのは向かわれ、明け方に戻ってまいりました。そのとき、相原どのが自慢げに仰ったのでござります。『関弥五郎は酒を呑ませて溺れさせた』と」

「相原角三が、そう申したのだな」

「はい。相原どのは血をみるのがお好きなのでございます」

蔵人介は心を鎮めるべく、深々と溜息を吐いた。

「ならば、今いちど聞こう。深編笠の人物に心当たりはないのか」

「ござりませぬ。これで、すべておはなしいたしました」

「すっきりしたか」

「……は、はい。あなたさまは、いったい」

「わしのことは聞かぬほうがよい」

鬼の形相で睨みつけると、吉沢は目を逸らした。

「……じ、じつは、今おはなし申しあげたことを文にしたためました」

「ほう、何故だ」

「十両を頂戴したとき、大熊さまが仰ったのです。気持ちが晴れぬようなら、死んだ牧田又一郎に宛てて文でも書いてみたらどうかと」

「書いた文はどうした」

「大熊さまにお預けしました」

怪しい。焦臭《きなくさ》い。

勘がはたらいた。

「おぬし、余計なことをしてくれたな」

「へっ」

いつのまにか、甲冑がすぐそばに立っている。

蔵人介は甲冑の腰から大太刀を抜き、連子《れんじ》窓から射しこむ星明かりに刀身を翳してみせた。

「きちんと研いである。これなら、喉を容易く掻っきれよう。苦しまずに死ねるぞ」

無理に太刀を握らせると、吉沢は嗚咽を漏らしはじめる。

突如、甲冑が喋った。

「拝殿を血で穢《けが》すでない。やるんなら、鳥居の外でやれ」

重厚な声に押しつぶされたのか、吉沢は気を失ってしまう。

甲冑武者が「よっこらしょ」と漏らし、兜《かぶと》を脱いだ。

あらわれたのは、大汗を掻いた串部の顔である。

「殿、脱いでもよろしゅうござるか」

「ああ、ご苦労だったな」

串部は甲冑を脱ぎ、元のところへ戻す。

「こやつ、いかがいたしましょう」

「放っておけ。それより、文のほうが心配だ」

「大熊のやつ、何に使うつもりにござりましょう」

蔵人介は腕を組み、沈痛な面持ちで言った。

「関弥五郎どのは大熊組の関与を疑った。それで、殺められたのだ。もうひとり、連中の関与を疑っておる人物がいる」

串部の顔色が変わった。

「まさか、牧田又左衛門どのでござりますか」

「ああ、そうだ。小父御を誘いだすのに文を使うつもりかもしれぬ」

「どうなされます」

「急いで番町の御家人長屋へ向かおう」

「承知」

ふたりは拝殿を音もなく逃れ、参道を影のように走りぬけた。

八

同夜、子ノ刻前。

牧田又左衛門の目は虚ろだった。

吉沢孝作なる持筒同心から届いた詫び状を読み、又一郎と民恵が誰のせいでどんなふうに死にいたらしめられたのかがわかった。

ただ、不思議なほど怒りは湧いてこなかった。

空虚な心で仕度を整え、なすべきことをなすために湯漬けで腹をこしらえた。

そして、みずからの刀は腰帯に差し、又一郎の形見となった刀を背に負った。

ふたりの位牌に手を合わせて番町の御家人長屋を出たのは、亥ノ刻の少し手前であろうか。麴町を抜けたあたりで、町木戸が一斉に閉まりだした。

——今宵子ノ刻　鉄砲洲の船太郎へ来られたし
詫び状の末尾は、そう結ばれていた。

暴漢どもが夜な夜な集まっているところらしい。

罠かもしれぬという勘がはたらいた。

それならそれでかまわない。

これは死出《しで》の旅立ちなのだ。

欠けた月が低い空に瞬いている。

又左衛門は京橋川《きようばしがわ》に沿って、南八丁堀から本湊町《ほんみなとちよう》へ向かった。

京橋川河口の鉄砲洲が近づくにつれ、潮の香が濃くなってくる。

この界隈へ来たのは、何年ぶりだろうか。

いや、来たことさえも、おぼえていない。

又一郎の母親と鉄砲洲稲荷を詣でたのは、おそらく、又一郎がまだ生まれるまえのことだ。

「絹《きぬ》……」

瞼に浮かんでくるのは、二十歳になったばかりの妻の顔だった。

絹は藍染め職人の娘で、父親の両腕はいつも青く染まっていた。

お城勤めからの帰路、ふらりと道草をしたくなり、両国の広小路へ向かった。

地廻りの連中にからかわれている絹を見掛け、刀を抜かずに助けてやった。

それが出会いだ。おたがいに一目惚れだった。

身分のちがいを越えて祝言をあげ、夫婦となって御家人長屋で暮らしはじめた。

やがて、絹は子を孕み、ふたりの夢は大きく膨らんだ。

子が生まれたら、あれもしようこれもしようと、楽しく語りあった日々が昨日のことのようにおもいだされてくる。

ところが、絹は子を産みおとすや、すぐさま命を落とし、ふたりの抱いた夢は一気に萎んでしまった。

遺された又一郎の顔が母親によく似ていたので、いつまでも絹の面影が消えることはなかった。

一瞬にして心を奪われた愛くるしい顔は、今も心に生きつづけている。

「絹よ、すまぬ。又一郎を守ってやれなんだわ」

又一郎が嫁に選んだ民恵も、絹に面影が似ていた。

一目で気に入ったのは、そのせいかもしれない。

父親の関弥五郎とも馬が合った。

ただ、木刀を握って道場で対峙したことは一度もなかった。

おたがいに実力を認めつつ、優劣がつくのを避けていたのだ。

「優しい御仁であったな」

民恵を失った弥五郎も逝き、言い知れぬ虚しさだけが残った。

暴漢どもを斬ったところで三人は還《かえ》ってこないが、長年千代田城の天守を守りつづけてきた老骨のけじめとして、仇を討たねばならぬ。

「人を斬れば待つのは地獄。どうせ、地獄へ堕ちる身ならば、悪党どもを道連れにして進ぜよう」

河口に近い稲荷橋のそばに、子安《こやす》地蔵の祠《ほこら》があった。

又左衛門は土手際で足を止め、じっと両手を合わせた。

見果てぬ孫をいとおしみ、祠の前に屈みこむや、小石を積んで地蔵和讃《わさん》を口ずさむ。

「これはこの世のことならず、死出の山路の裾野なる、さいの河原のものがたり。聞くにつけても哀れなり、二つや三つや四つ五つ、十にも足らぬ幼子が父恋し母恋し、恋し恋しと泣く声は、この世の声とはこと変わり、悲しさ骨身を通すなり……」

又左衛門は立ちあがり、幽鬼《ゆうき》のごとく歩きはじめた。

目途とする『船太郎』の灯りは、すぐそこにみえている。

文に定められた刻限までは、四半刻ほどの猶予があった。

名を記された同心は四人、そのなかには差出人の吉沢孝作もふくまれている。

みずからの犯した罪を連綿《れんめん》と告白したのは、悔恨《かいこん》の情からか。いや、地獄の業火《ごうか》に焼かれたくないがためのことであろう。告白したからといって、罪からは逃れられない。吉沢も死なねばならぬ仇のひとりにすぎなかった。

又左衛門は、経でも読むかのように地蔵和讃を繰りかえす。

「……かのみどりごの所作《しよさ》として、河原の石をとり集め、これにて回向《えこう》の塔を組む。一重組んでは父のため、二重組んでは母のため、三重組んではふるさとの、兄弟我身と回向して、昼はひとりで遊べども、日も入相《いりあい》のそのころは、地獄の鬼があらわれて、やれ汝《なんじ》らは何をする……」

物陰に隠れ、身じろぎもせずに様子を窺った。

——ごおん。

聞こえてきたのは、子ノ刻を報せる時の鐘だ。

鐘が鳴りおわると同時に、妖しく瞬いていた『船太郎』の灯りが消えた。

見世仕舞いではなく、最初から客の気配はない。

「やはり、罠か」

又左衛門は肩を落とす。

無論、躊躇してなどいられない。

垢じみた羽織を素早く脱ぐや、白装束があらわれた。
細紐を咥えて手際よく襷《たすき》を掛け、額には鎖鉢巻を締める。
背負った刀を左手に提げ、威風堂々と表口に近づいていった。
戸に手を掛け、すっと引きあける。
敷居をまたぐと、何者かの気配が動いた。
まんなかの生け簀で泳ぐ魚も跳ねている。
引窓から射しこむ月明かりを浴び、水飛沫が煌《きら》めいてみえた。
「くふふ、来おったな。爺め」
闇の向こうから声が聞こえた。
どこかで耳にした声だが、おもいだせない。
生け簀の奥から、面長の若侍があらわれた。
――がつっ、がつっ。
別の気配が立ち、左右の鴨居に手燭が挿される。
炎に浮かんだ人影は、ぜんぶで四つを数えた。
面長の若侍が、ゆっくり近づいてくる。
尖った顎に小豆大の黒子があった。

又左衛門は記憶をたぐりよせた。

「おぬし、亀岡八幡宮の門前で辻立ちをしておったな」

「そうじゃ。あのときはよくも、人前で恥を掻かせてくれたな。されど、老《お》い耄《ぼ》れは墓穴《ぼけつ》を掘りおった。ふん、潔く名乗りおって、おれさまが只《ただ》で済ますとおもうたか」

「文を綴った吉沢孝作なる者はどうした。ここにおるのか」

「おらぬわ。臆病風に吹かれて、どこぞへ消えおった。たぶん、夜が明ければみつかるであろう。すでに、死んでおるやもしれぬがな。くふふ、おぬし、吉沢に書かせた文を信じたのか」

真摯《しんし》な態度で綴られていたし、又一郎と同じ組の連中がやったのではないかと疑ってもいたので、信じるに足る内容だと感じた。

「ただ、駒が足りぬとはおもった。あれだけの凶行をやってのけた理由も、今ひとつわからぬ」

「ぬへへ、この顔をみて、理由がわかったか」

「わしへの恨みなら、本人に晴らせばよかろう」

「そうはいかぬ。親のおぬしに恥を掻かされたのは、おれさまにしてみれば天啓《てんけい》のようなものであった。いずれ、こうなる運命《さだめ》にあったのさ」

「何を言うておるのか、わからぬな」

「わからぬか。ならば、教えてやろう。おれさまの名は中根京次郎《きょうじろう》、父は持筒頭の中根刑部じゃ」

「何だと」

「ぐふっ、驚いたか。巷間ではおれさまを『狂次郎』と呼ぶ者もおる。冷や飯食いの次男坊だが、父上はたいそう可愛がってくれてな、おれさまの望みは何でもかなえてくれた。ただ、ひとつだけかなわぬことがあった。関道場の娘、民恵のことさ。おれさまも以前は関道場の門弟でな、民恵が気に入り、妾にしたいと父上に頼んだ。父上がはなしを持ちかけたところ、関弥五郎のやつはきっぱり断ってきおった。聞けば、すでに婚儀が整ったというではないか。小賢《こざか》しい相手はおぬしの息子、又一郎よ」

京次郎は又一郎を恨んだ。逆恨みである。父親に頼んで持筒同心に推挙してもらったのは、獲物を射程においておくためであった。

「おれさまは道場通いをやめ、恨みを晴らす機会をじっくり窺った。くふふ、八幡宮の門前で父親のおぬしに恥を掻かされたのが、よいきっかけになった」

以前から手懐《てなず》けておいた与力の大熊兵太夫に相談したら、二百両もあれば組下の連中に命じてやらせると応じた。京次郎は知りあいの金貸しに三百両借り、言い値に百両上乗せしてやったと胸を張る。

「こやつらはたいそう喜んでな、上手くやりおったわ」

「けだものめ」

又左衛門は横を向き、ぺっと唾を吐いた。

京次郎は「くふふ」と、不気味に笑う。

「褒めてくれたのか。おれさまはな、自分で言うのも何だが、人を傷つけることを何ともおもわぬ。世間で非道とされることは、ひととおりやってきた。人なんぞ、愚かな糞袋《くそぶくろ》にすぎぬ。又一郎もしかり、民恵もしかり、死ねば骨になるだけのことよ」

又左衛門は、ぎりっと奥歯を噛みつぶす。

「小僧。それ以上、何も言うな」

「ほほう、頭に血がのぼったようだな。老い耄れめ、無理をするなよ」

京次郎が奥へ引っこむと、筆頭同心の栗野と手練の小笹が前へ進みでてきた。

「南無延命地蔵大菩薩」

又左衛門は気を鎮めるようにつぶやき、手に提げた又一郎の刀を抜きはなつ。
鞘を抛ると、からんと音が響いた。
栗野と小笹も抜刀し、爪先を躙りよせてくる。
「まいるぞ」
巨漢の栗野が動いた。
初太刀《しょだち》は必殺の胴斬りだ。
又左衛門も同じ胴斬りで対抗する。
――きいん。
一合《ごう》交えた瞬間、小笹の突きがふいに伸びてきた。
「うぐっ」
鋭利な切っ先が吐胸《とむね》に刺さり、血の紐を靡かせてずぼっと抜けた。
咄嗟に急所を外しておらねば、心ノ臓を貫かれていたに相違ない。
が、深傷は深傷だ。
又左衛門は、がっくり片膝をついた。
刀を支えにして立ちあがり、二の太刀に備える。
「死に損ないめ」

栗野が吼えた。

「ぬりゃ……っ」

上段から面を狙って斬りさげてくる。

避けずに受けた。

——がしっ。

と同時に、刀がまっぷたつに折れる。

「ぬわっ」

折れた途端、栗野の白刃が首根に食いこんだ。

すかさず、又左衛門は腰の脇差を抜いた。

「むぐっ」

栗野の腹を刺し、ぐいぐい刺しこんでいく。

「ぬおおお」

又左衛門はあらんかぎりの声をあげ、自分の倍はありそうな巨体を押しこんだ。

もろともに、生け簀のなかへ落ちていく。

——ざばん。

水飛沫があがり、生け簀は真っ赤に染まった。

田楽刺しになった栗野の屍骸が浮かんでくる。

又左衛門は首根に白刃を食いこませたまま、弁慶のように立ちつくした。

「死ね」

背中に斬りつけてきたのは、京次郎であった。

又左衛門は振りむきざま、一本残しておいた腰の大刀を抜いた。

「ぎぇっ」

斜めに薙ぎあげた白刃が、京次郎の片耳を殺《そ》ぐ。

「わしは死なぬ。おぬしらを道連れにする」

又左衛門は吼えあげ、背中をみせた京次郎に斬りかかる。

刹那、天井から投網が落ちてきた。

「ぬひゃひゃ、掛かったぞ。獲物が掛かりおった」

梁《はり》のうえで嗤っているのは、相原角三だった。

もがけばもがくほど、網はからまってくる。

小笹が裾をからげ、生け簀にはいってきた。

水飛沫とともに、死への跫音が近づいてくる。

小笹は慎重に間合いをはかり、切っ先をこちらに向けた。

馬庭念流の上段、独特の構えだ。

正面の敵に気取《けど》られていると、脇腹に激痛が走った。

首を捻れば、片耳を失った京次郎が眸子を怒らせている。

「老い耄れめ、手こずらせおって」

京次郎の突きだした白刃は、脇腹を右から左に貫いていた。

もはや、痛みすら感じない。

「……こ、小賢しや」

又左衛門は眸子を剝き、かっと血のかたまりを吐いた。

「逝《い》けい」

小笹の一刀が脳天に落ちてくる。

つぎの瞬間、又左衛門の意識は暗転した。

「……これはこの世のことならず」

耳に聞こえてきたのは、あの世で誰かがつぶやく声だ。

このまま地獄へ堕ちれば、二度と孫とは出会えまい。

老骨の身にとっては、それだけが心残りであった。

九

朝から時雨《しぐれ》が降りつづいている。

天守番牧田又左衛門の屍骸は、番町御家人長屋の木戸脇に捨てられていた。

驚いた木戸番の親爺が方々に伝令を走らせ、孫兵衛や蔵人介が駆けつけてきたのは、正午も近づいたころのことだった。

又左衛門は蒲団に寝かされ、枕元には線香の煙がゆらゆらと立ちのぼっている。

すでに町方役人の検屍は終わり、辻斬りによる凶行ということで片づけられようとしていた。

故人を悼む隣人たちの様子から、又左衛門が御家人長屋で慕われていたことがよくわかった。妻を早くに亡くしてからも、多くの人々に支えられながら、折り目正しく暮らしてきたのだ。

焼香に訪れる者がいなくなっても、孫兵衛は友のそばを離れられない。

「泣きたいのに、涙が出てこんのじゃ」

蔵人介は父の無念をおもい、ぎゅっと口を結んだ。

もう少し早く行動を起こしていれば、このような不幸は訪れなかったかもしれない。

口惜しさと怒りのせいで、拳の震えを止めることができなかった。

「いったい、誰がこんなことを」

おそらく、孫兵衛は勘づいておるまい。

又左衛門は息子又一郎の仇を討ちに向かい、罠に嵌って殺められたのだ。

悪党どもは証拠となる痕跡を残さず、それでいてこれみよがしに、御家人長屋の木戸脇に屍骸を捨てていった。

「何十年もお城に通い、忠勤を尽くした男の結末がこれか」

孫兵衛の嘆きは深すぎて、何と声を掛けてよいのかわからなかった。

「蔵人介よ、木戸脇へ芥《あくた》のように捨てられるのが、矜持《きようじ》を携えた侍の末路《まつろ》なのか。わしは神仏を恨む。又左をどこまで不幸にすれば気が済むのじゃ」

誰かに語りかけねば、気力を保ちつづけていられないのだろう。

蔵人介は又左衛門の無念をおもいつつ、一方では孫兵衛のことを案じた。

そこへ、串部が調べから戻ってくる。

手招きをされて、蔵人介は外へ出た。

「どうであった」

「はい。昨晩遅く、鉄砲洲の『船太郎』で斬りあいがあったようでござる。明け方、主人が見世に出てみると、生け簀の水が真っ赤に変わっており、腹をみせた魚が何尾も浮いておったとか」

「小父御が誘いこまれたのは『船太郎』であったか」

「まちがいござりませぬ。例の大熊組のなかで、筆頭同心の栗野武八が死んでおりました」

「そうか」

「刺しちがえたのやもしれませぬな。それから、生け簀のそばに耳がひとつ落ちておったそうで」

「栗野か、ほかの誰かの耳であろう」

ともあれ、壮絶な闘いぶりが想像された。

「もうひとつござります。顎に小豆黒子のある者をみつけました」

「誰だ」

「中根京次郎、持筒頭中根刑部の次男坊にござります」

「ふうむ」

蔵人介は唸った。

中根京次郎の名を耳にするや、はなしの筋が繋がったのだ。

串部は、さらに声を落とす。

「京次郎は一年前まで、関道場の門弟でもありました。そのころ、娘の民恵どのにちょっかいを出しておったそうです」

「民恵どのと夫婦になった又一郎を逆恨みしていたのかもしれぬ」

いずれ目にものみせてくれると、仕返しの機会を窺っていたのだ。

一方、同じ関道場を破門された大熊組の同心ふたりも、民恵と又一郎によからぬおもいを抱いていた。

「両者が手を結ぶのは容易なこと。もしかしたら、又一郎どのが持筒方に推挙されて大熊組にはいったのも、偶然ではなかったのかもしれませぬな」

蔵人介はうなずく。

「おそらく、京次郎が父親に頼んで仕組んだのであろうよ。自分の手の内に入れておけば、何かと都合がよいからな」

「すると、亀岡八幡宮の門前近くでの経緯は」

「あれが引鉄《ひきがね》になったのかもしれぬ。京次郎は小父御に手もなくやられ、怒りを新たにした。さっそく、与力の大熊に相談を持ちかけ、組下の連中に卑劣なおこないをやらせたにちがいない」

「京次郎は小普請の穀潰《ごくつぶ》しだが、父親からは猫っ可愛がりされてきた。ろくな躾《しつけ》をされてこなかったせいで、化け物のような悪党になったのでござりましょう。さように考えれば、持筒頭の父親も何らかの責めを負わねばなりませぬな」

「京次郎の狂気じみた正体が判明いたせば、目付筋も黙ってはおられまい。されど、それは後のはなしだ」

「何よりもまずは、悪党どもをひとり残らず始末せねばなりませぬな。さっそく、拙者は段取りを」

「頼む」

串部は点頭して踵を返しかけ、おもいだしたように振りむいた。

「そう言えば、もうひとつ。吉沢孝作が、瘡地蔵のまえで自刃いたしました」

夜鷹のおごうが報せてくれたらしい。

「さようか」

線香の煙が立ちのぼる部屋からは、啜り泣きひとつ聞こえてこない。

怒りと悲しみの限度が超えたせいで、孫兵衛は泣けずにいるのだ。

友の屍骸を面前にして泣けぬことほど、辛いことはあるまい。

「父上」

蔵人介はうなだれた。

又左衛門の無念は、きっと晴らしてみせる。

冷たい雨に打たれながら、胸に強く誓った。

十

四日後、十五日朝。

——ごおん。

亀岡八幡宮の時の鐘が、明け六つを報せた。

丑《うし》ノ刻から降りはじめた雨は熄む気配もない。

今日は長い一日になりそうだ。

蔵人介は辻番所で借りた番傘をさし、真田濠に沿って歩いていた。

平常でも物淋しい喰違門のあたりは雨に烟《けぶ》り、人影ひとつ見当たらない。

紀州屋敷の手前で三ツ股を右手に折れ、間ノ原に沿って進む。

こちらにも人気はなく、木々の枝に雨宿りの鳥が留まっていた。

瘡地蔵のところまで来ると、供物が食べ散らかされている。

願人坊主の苦春ではなく、鳥の仕業であろう。

蔵人介は屈んで供物を片づけ、地蔵の足許に六枚の銭を並べはじめた。

「一重組んでは父のため、二重組んでは母のため、三重組んではふるさとの、兄弟我身と回向して、昼はひとりで遊べども、日も入相のそのころは、地獄の鬼があらわれて、やれ汝らは何をする……」

地蔵和讃を口ずさみ、地蔵のそばを離れていく。

これはこの世のことならず、霧雨に烟《けぶ》る間ノ原はあの世へつづく懺悔《ざんげ》の場、入相《いりあい》のごとき明け方の時の裂け目に佇むのは、文字どおり、地獄の鬼と化した刺客であった。

番傘は草叢を漕ぐように進み、南天桐の立つ辺りで消えた。

蔵人介は番傘をたたみ、南天桐の幹にそっと立てかける。

踏みしめる地べたには、怨念がわだかまっていた。

牧田又一郎と民恵が殺められたところなのだ。

もうすぐここに、小笹銑十郎と相原角三がやってくる。

串部のことだ。抜かりはあるまい。

与力の大熊兵太夫から「至急の呼びだしが掛かった」と告げさせた。

組下のふたりは半信半疑ながらも、自分たちで草を踏みかためたこの場所へ足をはこぶことだろう。

死んだ栗野武八の代わりに、小笹は筆頭同心へ昇進することが決まっている。

古手の相原に文句はないらしい。矮小《わいしょう》な男は金さえ手にできれば、それでよいのだ。

大熊がまた「おいしいはなし」を持ってきてくれたのだと、ふたりは期待を膨らませているかもしれない。

それでいい。期待が大きければそれだけ、失望も大きいからだ。

やがて、地獄の一丁目に向かって、ふたつの跫音が近づいてきた。

蔵人介は影のように動き、南天桐の木陰に身を隠す。

「出仕前に呼びつけるとは、よほどのはなしであろうな」

不満げな声を発するのは、相原のほうだ。

狡猾《こうかつ》な小男の始末は、串部に任せてある。

蔵人介が倒さねばならぬのは、馬庭念流の遣い手である小笹のほうだ。

もっとも厄介な相手を最初に葬っておくのは、刺客の定式《きめしき》にほかならない。

濡れ鼠のふたりが、草叢の狭間からすがたをみせた。

「背筋がぞくっとする。嫌なところへ呼ばれたな」

相原は喋りつづけ、小笹のほうは険しい顔で黙っている。

蔵人介は木陰から離れ、ふたりに身を晒した。

「うえっ……な、何だおぬしは」

相原の問いにはこたえず、大胆に間合いを詰めていく。

小笹は腰を落とし、刀の柄に手を掛けた。

間合いが五間《けん》になり、蔵人介は立ちどまる。

「おぬし、何者だ」

こんどは、小笹が問うてきた。

無表情で応じてやる。

「鬼役、矢背蔵人介」

「公方さまの毒味役か。それが何故、ここにおる」

「察しがつかぬか。没義道《もぎどう》な輩に六文銭《ろくもんせん》を渡すためよ」

「おぬしまさか、ここであったことを知っておるのか」

「ああ。すべて、吉沢孝作に聞いた」

「吉沢が。なるほど、あやつを責めたのは、おぬしか」

「安心いたせ。目付筋には報せておらぬ」

小笹は首をかしげ、片頬で笑う。

「知っておるのは、おぬしだけ。そういうことか」

「まあな」

「牧田家の縁者か」

「問いが多いな。地獄の閻魔に叱られるぞ」

「ふん、まあよい。屍骸になったら、素姓を調べてやろう」

小笹が刀を抜くと、相原は抜刀しながら後退していった。

蔵人介は刀を抜かず、対峙する相手の目をじっとみつめる。

小笹は撞木《しゅもく》に開いた後ろ脚を引き、どっしり腰を落とした。

平青眼《ひらせいがん》の構えから左拳を右耳のうえに捻りあげ、刀身を中心から外す。

両腕でつくった三角のなかに身を入れ、剣先をこちらの眉間につけた。

馬庭念流不動の上段である。

地に根が生えたような五体から、むらむらと殺気が立ちのぼってきた。

「おもいだしたぞ。矢背蔵人介と申せば、幕臣屈指と評される剣客。田宮流抜刀術の遣い手とか。ひょっとして、おぬし、金で雇われたのか。なるほど、わしらに恨みを持つ者に雇われた刺客ならば筋は通る」

「深読みはそのくらいにしておけ。おぬしはすでに、三途の川を渡りかけておる。撃尺《げきしやく》の間合いを踏みこえた刹那、首を失っておろう」

「おもしろい。抜く間も与えず、地獄へ送って進ぜよう」

小笹は眼差しを半眼に保ちつつ、爪先で躙りよってくる。

馬庭念流の真髄は後手必勝《ごてひつしよう》、相手に先手を取らせて初太刀の芯を取り、吸いつくように刀を押さえこむ。米糊付《そくいつけ》と呼ばれるこの技は、相手が抜かねば威力を発揮しない。それゆえ、居合はやりにくい相手のはずだった。

「甘いな。わしは米糊付などやらぬ。一点突破の突きで、喉首を串刺しにしてやるわ。ふふ、山名《やまな》八幡の守護神も驚嘆するほどの突きだぞ。どうした、臆したのか」

「長広舌《ちようこうぜつ》には飽きた。ほれ、突いてこい」

「おのれ」

小笹の顔が怒りに染まる。

「南無八幡」

気合いとともに繰りだされた一撃は、一点突破の突きではない。胴を狙った水平斬りであった。

——ひゅん。

刃音が唸る。

蔵人介のすがたは、白刃の届かぬ中空にあった。

右手には愛刀の来国次を握っている。

後ろの相原は、抜刀の瞬間をみていない。

茫然自失《ぼうぜんじしつ》の態《てい》で、噴いた血飛沫を眺めている。

抜き際の一刀で、すでに勝負はついていたのだ。

前屈みに構えた小笹銑十郎は、おのれの首を失っていた。

「ひっ、ひぇええ」

相原は悲鳴をあげ、独楽鼠《こまねずみ》のように駆けだす。

だが、前のめりに転び、濡れた草のうえに這いつくばった。

寒気が全身を凍らせ、右脚に強烈な痛みをおぼえている。

震えながら後ろをみれば、刈られた右臑がそこにあった。

「げっ」

相原は腹這いになり、重いからだを引きずった。

だが、瘡地蔵のもとへ行きつく手前で力尽きた。

丈の高い草叢を手で分け、串部が顔を覗かせる。

「殿、お急ぎを。あとふたり残っております」

「ふむ」

南天桐に立てかけた番傘を取り、蔵人介は勢いよく開いた。

纏う着物は濡れそぼち、濡れ髪からも雨の雫《しずく》が垂れている。

「もはや、用をなさぬか」

番傘をたたみ、右肩に担いだ。

串部が抱えた風呂敷のなかには、霰《あられ》小紋《こもん》の裃が仕舞ってあるはずだ。

これより、蔵人介は千代田城へ出仕する。

三人目の的となる大熊兵太夫は慎重な男だった。

油断が生じるとすれば、出仕の際に城門を潜る寸暇《すんか》の間しかない。

「どうか、ご加護を」

蔵人介は瘡地蔵に両手を合わせ、真田濠のほうへ歩きだした。

それから、一刻ほどのあいだ、毛のような雨は降りつづいた。

蔵人介は裃に着替え、内桜田御門の外に植わる太い松の木陰に隠れている。

門にまっすぐ向かう者たちからすれば、ちょうど死角になっていてみえない。

何年かまえ、この木陰は門番にも気づかれぬと教えてくれたのは、公人朝夕人の土田伝右衛門であった。

番方の出仕は辰《たつ》ノ五つから五つ半、ほかの幕臣たちよりも一刻近く早い。

中ノ門を守る持筒方の面々も、そろそろ出仕しなければならぬ頃合いだった。

蔵人介は目を瞑り、小肥りの大熊を頭に浮かべてみる。

関道場へ香典を携えてきた横柄な態度をおもいだすと、新たな怒りが湧いてきた。

組下の連中を駒のように使い、みずからは手を汚さない。

上役の次男を手懐け、持筒頭の中根刑部に取り入る腹なのだろう。

串部の調べたところでは、筆頭与力の座を狙っているとの噂もある。

大熊兵太夫こそは、地獄へ堕とさねばならぬ相手にまちがいなかった。

「これはこの世のことならず」

何故、地蔵和讃を唱えるのか、自分でもよくわからない。

幼いころ、御家人長屋でよく耳にしたような気もする。

唱えていたのは父の孫兵衛であったか。それとも、隣人の又左衛門であったか。

母が亡くなったときに聞いたものか。それとも、又左衛門の妻が亡くなったときに聞いたものなのか。はっきりとはしないが、その重厚な響きは常に物悲しい記憶とともにあった。

門を潜る者たちが、次第に数を増していく。

髪や裃を濡らさぬように、近頃は番傘をさす者が多い。

やわな幕臣が増えおったと嘆いたのは、御小姓組番頭の橘右近だ。

番傘の花が触れては離れ、離れては触れしながら、門へ近づいてくる。

そして、誰もがかならず、門前で傘をたたんだ。

的を見逃す心配はない。

蔵人介は木陰から、じっと目を凝らす。

来た。

小肥りの大熊兵太夫が門前へあらわれた。

傘をたたみ、ふてぶてしい顔を晒してみせる。

門番が会釈しても、挨拶を返そうともしない。

蔵人介は影のように近づき、大熊の背後にぴたりとついた。

「南無延命地蔵大菩薩」

耳許に囁き、振りむいた相手に笑いかける。

「小笹銑十郎は首を無くしたぞ」

「えっ」

「地獄でおぬしを待っておる」

「ぬっ」

大熊は眸子を瞠り、身動きひとつできない。

畳針《たたみばり》で心ノ臓をひと突きにされたのだ。

「気分でも悪うござるのか」

蔵人介は両脇を軽々と抱え、門柱に背をもたせかけてやる。

幕臣の何人かは振りむいたが、みな、関わりを避けるようにさきを急いだ。

門番たちも関心をしめさず、彫像《ちようぞう》のように正面を向いたままだ。

蔵人介が離れても、大熊は動かずに門柱にもたれている。

すでに絶命していたが、誰ひとり気づく者はいなかった。

十一

蔵人介は笹之間で夕餉のお勤めを済ませ、深更になってみなが寝静まったあと、宿直部屋から抜けだした。

夜になって雨は熄み、空は月代《つきしろ》のごとく白んでいる。

薄く覆った雲の向こうに、満月が隠れているのだろう。

蔵人介は袢を脱いで野良着を纏い、内濠に水脈《みお》を曳《ひ》くへぎり舟に乗っていた。

へぎり舟とは、葛西《かさい》村の百姓が城内で汲みとった肥樽を外へ運ぶ細長い舟のことだ。

棹を握る船頭のからだは、蟹のように横幅がある。

冴えない顔の串部であった。

「それにしても、臭《くそ》うござる。まさか、本物の肥樽を運ばされるとは、おもうてもみませなんだ」

「それが舟を借りる条件さ」

「夜鷹屋の元締めなんぞに頼むからでござるよ」

「文句を言うな。へぎり舟なら、どこをどう通ろうと怪しまれぬ」

鮫ヶ橋坂にある夜鷹会所の元締めは、すずしろの銀次という。

つきあいは浅いが、信用のおける男で、裏の事情にも通じていた。

何よりも、侠気を携えている。

夜鷹のおごうに頼んで会いたい旨を伝えると、一も二もなく相談に乗ってくれた。

串部もそのとき、夜鷹会所におもむいている。

すずしろの銀次は「矢背さまは男惚れのするお方だ。頼ってくれてありがたい」とまで言ってくれた。

「へぎり舟を借りようと言ったのも、銀次でござりましたな」

「妙案だった。おもわず、膝を叩いたぞ」

最後の的となる中根京次郎は、鉄砲洲の『船太郎』で又左衛門に耳を斬られて以来、自邸に籠もってしまった。いっこうに外へ出てくる気配はなく、蔵人介としても手をこまねいていたのだ。

中根刑部の屋敷は、九段坂下の堀川に架かる蟋蟀橋《こおろぎばし》の奥にある。

ひとつ城寄りに架かる俎橋《まないたばし》のそばには幸恵の実家があるので、蔵人介はその界隈に詳しい。

蜷蟀橋の奥は掘留になっており、中根屋敷には舟でたどりつくことができた。不浄とされる平川門から竹橋《たけばし》御門、雉子橋《きじばし》御門と抜けていけば、存外に近い。

夜鷹会所の元締めは、そこに目をつけたのだ。

「お侍が真夜中にふたりで彷徨《うろつ》けば、誰かの目に触れぬともかぎりませぬ。誰にも知られずに掘留へたどりつく最良の手がございます」

それが百姓に化け、へぎり舟を操ることだった。

夜鷹会所の元締めは、葛西村の村長と太い絆《きずな》で繋がっている。

へぎり舟の一艘や二艘、借りることは屁でもないと胸を叩いた。

それに、汲みとりの百姓ならば、怪しまれずに屋敷内へ入れてもらえる。

屋敷にはいってしまえば、穀潰しの居候が籠もる離室をみつけることはさほど難しくもあるまい。

「されど、まことに殿御自ら汲みとりをやられるので。何やら気が引けますな」

「案ずるな。臭いものには馴れておる」

「さようでござりますか。なるほど、よくよく拝見いたせば、殿は存外に野良着がお似合いでござりますな。ぐふふ」

肥樽を積んだ舟は、早くも俎橋を潜りぬけていた。

「義弟の市之進どのは、今ごろ高鼾《たかいびき》でも掻いておられましょうな」

「市之進を巻きこめば、悪党に公正な裁きの機会を与えることにもなりかねぬ。このたびばかりは、そうさせぬ。この手で裁きを与えねば、非道卑劣な仕打ちを受けた者たちは浮かばれまい」

「仰せのとおりでござる。さあ、殿、着きましたぞ」

「よし、参ろう」

串部は掘留の汀に舟首を寄せ、ふたりは陸へ舞いおりた。

――ぴいひょろろ。

微かに聞こえてくるのは鳥の鳴き声か。それとも、夜更けの露地を彷徨く按摩《あんま》の吹く笛か。ここからでは遠すぎて、判然としない。

往来に人影はなかった。

火の用心を促す拍子木《ひょうしぎ》の音も聞こえない。

ふたりは前後差担《さしにな》いになって空樽を担ぎ、ぎこちない足取りで往来を横切った。

串部が表口を敲くと、しばらくして、眠そうな門番が顔を出した。

「お役目、ご苦労さまにござります。肥汲みにまいりました」

「ずいぶん遅いな」

「はい、すんません」
素直に謝ると、門番は舌打ちをして引っこんだ。
ふたりは塀に沿って裏手へまわり、裏木戸に手を掛ける。
すんなり開いた。
門番が心張棒《しんばりぼう》を外してくれたのだ。
空樽を担ぎ、内へ踏みこむ。
勝手口へまわり、周辺を調べた。
厠があり、汲みとり口はすぐにわかった。
満天星《どうだんつつじ》に囲まれた裏庭へ忍びこみ、左右に分かれて離室を探す。
串部がそれらしきものをみつけてきた。
足を向けると、襖の隙間から灯りが漏れている。
まちがいあるまい。
京次郎はいる。
蔵人介と串部は顔をみあわせ、汲みとり口へ戻った。
「では、はじめるとするか」
鼻が曲がるほどの臭気のなかへ、果敢に踏みこんでいく。

「うえっ、こいつはひでえな」

串部は手拭いで鼻と口を覆い、大きな肥柄杓を肥溜めに差しいれた。

蔵人介が手伝おうとすると、恐い目で押しとどめる。

「殿にやらせるわけにはまいりませぬ。ここはお任せを」

「任せたいのは山々だが、ふたりでやったほうが早く終わるぞ」

蔵人介も肥柄杓を持ち、肥溜めに近づいた。

次第に馴れてくると、作業もはかどってくる。

空樽を糞尿で半分ほどに満たすと、ふたりは馴れない腰つきで差担いに担ぎあげ、裏庭へまわっていった。

肥樽を満天星のそばに置き、離室に近づいていく。

「門番に怪しまれぬまえに、手っとり早く済ませよう」

「は」

灯りの漏れる襖の隙間から覗くと、京次郎らしき人物が褥《しとね》に寝ていた。

頭に布を巻いているのは、殺《そ》がれた耳を守るためだ。

串部は戸の桟《さん》に油を流し、音を起てずに襖を開けた。

そして、滑るように褥へ迫り、掛け蒲団のうえから寝ている男の鳩尾《みぞおち》を狙って、ずんと拳を埋めこむ。

「ぬぐっ」

男は気を失った。

布を解くと、右の耳を失っている。

まちがいない。中根京次郎であった。

串部が軽々と担ぎあげ、ふたりで肥樽のところへ戻る。

昏倒した京次郎に猿轡を嚙ませ、手足をきつく縛りあげた。

「殿、最後に地獄をみさせますか」

「そうせずばなるまい」

眠ったまま逝かせたのでは、又左衛門たちに申し訳ない。

串部が背後から活《かつ》を入れるや、京次郎はぱっと目を開いた。

わずかな沈黙ののち、兇悪な男の瞳に恐怖の色が滲みだす。

蔵人介が上から覗きこんだ。

「死ぬことが、それほど恐いのか。ならば、なぜ、非道なまねを繰りかえす。いや、こたえずともよい。おぬしの言い訳など聞きとうもないからな。どうせ死ぬなら、侍として死にたいか」

蔵人介は脇差を抜き、鼻先に翳してみせた。

京次郎は目を真っ赤にさせ、必死にうなずいてみせる。

「ひとおもいに突いてほしいのか。そうはさせぬ。おぬしには屈辱を味わってもらわねばならぬ。夜鷹が教えてくれたのだ。おぬしのような悪党は肥溜めに嵌って死ねばいいとな。さあ、そろりと喋りは仕舞いにしよう」

必死にもがく京次郎の首筋に、蔵人介は手刀《しゅとう》を打ちこんだ。

白目を剝いた悪党は串部に担がれ、頭から肥樽のなかへ抛られる。

途端に京次郎は覚醒し、樽がひっくり返るほどの勢いで暴れだした。

「早う蓋を」

「は」

串部が肥樽の蓋を閉め、蓋の縁に釘を何本も打ちこんだ。

「ふう、手間を取らせやがる。殿、これがほんとの臭いものに蓋でござるな」

「臭いものに蓋はせぬ。相手が誰であろうと、非道な仕打ちの報いは受けさせる」

「仰せのとおりにござります」

肥樽のなかは鎮まった。

「殿、溺れたようでござる」

「そうだな。これほど惨めな死にざまもあるまい。されど、こやつには似つかわしいかもしれぬ」

「みつけた親は嘆きましょうな」

「躾をしてこなかったつけがまわったのだ」

中根刑部の罪も重い。次男と配下たちがやったことの一部始終は、組下同心のひとりであった吉沢孝作がしたためた遺書の体裁を取り、目付筋へ持ちこまれる手筈になっていた。

そうなれば、中根刑部も無事ではいられまい。少なくとも持筒頭の役は解かれ、事によったら改易の沙汰が下されるかもしれなかった。

「自業自得《じごうじとく》というものさ」

「それもまた、仰せのとおり」

鬼役主従は肥樽を残し、満天星の垣根を擦り抜けていく。

裏木戸から外へ出ると、野良着を脱ぎすてて闇に消えた。

十二

十九日、日本橋《にほんばし》の大伝馬町《おおてんまちよう》には、べったら市が立った。

雲ひとつない青空のもと、市中には漬物売りの声が高らかに響いた。

牧田又左衛門の初七日も終わり、蔵人介は息子の鐵太郎を連れて神楽坂上の『まんさく』に足をはこんだ。

数えるほどしか見世に来たことのない孫の成長を、孫兵衛は何よりも楽しみにしている。それがわかっていたので、蔵人介は鐵太郎の顔をみせ、少しでも元気づけてやりたいとおもった。

一方、鐵太郎にも父の気持ちは理解できるらしく、祖父の孫兵衛を慰めるためにできるだけのことはするつもりだった。

まだ早いせいか、見世に客はひとりもいない。

手土産に買ったべったら漬けを、蔵人介はおように手渡した。

「今日は、われら父子の総仕舞いですな」

「あら、まだ暖簾も出しておりませんよ」

やたら縞《じま》の綿入れを羽織ったおようは朗らかに笑い、蔵人介には酒肴を、鐵太郎には大好物の伊達《だて》巻きを出してくれた。

吸い物は焼津《やいづ》の本鰹《ほんがつお》でとった出汁《だし》を使わず、めずらしいことに枕崎《まくらざき》の亀節《かめぶし》と昆布を使った上方風だ。どうやら、鐵太郎のお気に入りがそっちのほうだと合点し、連れてくるのを知ったときから孫兵衛が仕込みをはじめたようだった。

「お爺さま、美味しゅうございます」

鐵太郎が快活にこたえると、皺顔の孫兵衛は眸子を細めた。

そして、何をするかとおもえば、俎板《まないた》に白い粉をまぶし、威勢良く蕎麦を打ちはじめる。

「蕎麦は長生きの元じゃ。鐵太郎よ、それは長い蕎麦に掛けた駄洒落《だじゃれ》ではないぞ。蕎麦はな、五臓六腑《ごぞうろっぷ》の汚れを洗いながしてくれるのじゃ。それゆえ、一日に一度はたぐらねばならぬ」

「たぐるのですか」

「粋な大工ことばじゃ。医者に払う金があるなら蕎麦屋に払えとな。格言とともども、おぼえておくがよい」

孫兵衛は心から楽しげに喋り、一心不乱に蕎麦を打ちつづけた。

たしかに秋が深まると、新蕎麦が食べたくてうずうずしてくる。

蔵人介は口に唾を溜め、一升で五百文もする諸白を喉に流しこんだ。

友の又左衛門と因縁のある大熊組の連中が不審死を遂げ、持筒頭の次男までが死んだと知り、勘の良い孫兵衛は悪党どもに天罰が下ったのだと理解した。蔵人介の関与を疑いつつも、余計なことは口にせず、ともかくも又左衛門の恨みは晴らせたと納得できたにちがいない。

それでも、このところは眠れない夜を過ごしているという。

何よりも案じられのは、悲しすぎて涙が出てこないことだ。

「泣けぬ苦しさが、おぬしにわかるか」

蔵人介は訪れるたびに問われ、返答に窮《きゅう》するしかなかった。

孫兵衛は蕎麦を打つ手を止めぬまま、鐵太郎に真顔で問うてくる。

「鐵太郎、おぬしはどういたすつもりじゃ。矢背家の当主となり、鬼役を継ぐ気はあるのか」

藪から棒に核心を衝かれても、鐵太郎は動じる素振りをみせなかった。

「お爺さまは妙なことをお聞きになる。無論、拙者は鬼役になるつもりでおります」

「さようか。されどな、鬼役は生半可《なまはんか》なお役目ではないぞ。死と常に隣りあわせのお役目じゃ。それでも、継ごうとおもうのか」

「家とお役目を継ぐことに、迷いを持ったことなどござりませぬ。それに『朝起きたら死地に向かうとおもえ。それが侍だ』と教わりました」

「誰に」

「父上にでござります。わたくしは父上のように、覚悟のある侍になりたいのでござります」

「よう言うたな。されど、無理はせぬことじゃ。人には向き不向きというものがある。人生はひとつではない。わしはな、そのことを悟るのが遅すぎた。まことになりたいものは何か、じっくり考えてみよ。やりたいことがみつかったら、どの道を進もうとも、おぬしの父は反対すまい。少なくとも、わしがおぬしの父ならそういたす。はは、つまらぬことをぺらぺらと喋ってしまったようじゃ」

孫兵衛が饒舌《じょうぜつ》に語る理由を、蔵人介ははかりかねた。

頼んでもいないのに、父親の言えぬことを代弁してくれたのであろうか。

可哀相に、鐵太郎は動揺しているようだ。

「まあよい。焦ることはないのじゃ。よし、蕎麦が茹であがったぞ」

孫兵衛は蕎麦を冷水で冷やし、手際よく水気を切ってから笊《ざる》に盛った。

「蕎麦八、つなぎ二の二八《にはち》蕎麦じゃ。つなぎには布海苔《ふのり》を少し混ぜておいた」

それを岩塩につけて食べてもよいし、焼津の本鰹から取った出汁につけて食べてもよいという。

鐵太郎は箸で掬《すく》った蕎麦を出汁につけ、ぞぞっとひと啜りした。

「どうじゃ」

「美味しゅうございます」

「ふほっ、そうであろう。わしの打った新蕎麦はお客にも評判でな。又左のやつに食わせてやれなんだのが、口惜しゅうてならぬ」

鐵太郎は、ぞぞっとまた啜る。

孫兵衛の眸子から、突如、涙が溢れてきた。

気づいたおようも、貰い泣きしはじめる。

蕎麦を啜る鐵太郎までが泣いていた。

「……く、蔵人介……な、涙が……と、止まらぬ」

わかっている。泣けばよい。

泣けば、少しは気も晴れよう。

遠慮することなど、ひとつもないのだ。

遺された者は、自分にできることを少しずつやっていけばいい。

涙を流す者たちの心には、又左衛門の面影がずっと生きつづける。

侍の矜持を胸に抱き、長きにわたって千代田城の天守を守りつづけた。

一本筋の通った生きざまは、いつまでも語りつがれることだろう。

蔵人介も箸を持ち、父の打った新蕎麦を啜った。

少しばかり、しょっぱい味がするのは気のせいか。

夕陽の射しこむ店内には、柊《ひいらぎ》の白い花が生けてある。

葉に棘《とげ》が無いのは、老木から手折《たお》ったからだった。

牧田又左衛門は、死の間際まで棘を失わなかった。

——季節はめぐり、人は年をかさねる。年を取れば、角が取れて丸くなる。されどな、わしはいざというときのために、棘を残しておきたい。

又左衛門のつぶやいた台詞が忘れられない。

「お爺さま、まことに美味しゅうござります」

鐵太郎は泣きながら、蕎麦を啜りつづけている。

供養の蕎麦だなと、蔵人介はおもった。

光文社文庫

文庫書下ろし／長編時代小説

切《せつ》　腹《ぷく》　鬼役《おにやく》 十三

著　者　坂《さか》　岡《おか》　真《しん》

2014年11月20日　初版１刷発行
2023年８月５日　２刷発行

発行者　三　宅　貴　久
印　刷　大　日　本　印　刷
製　本　大　日　本　印　刷

発行所　株式会社　光　文　社
〒112-8011　東京都文京区音羽1-16-6
電話 (03)5395-8149　編　集　部
8116　書籍販売部
8125　業　務　部

ISBN978-4-334-76837-9　Printed in Japan

組版　萩原印刷

鬼役メモ

画・坂岡 真

キリトリ線

※ページ内側にあるキリトリ線で切って、備忘録にお使い下さい。

キリトリ線

鬼役メモ

画・坂岡 真

※ページ内側にあるキリトリ線で切って、備忘録にお使い下さい。

鬼役メモ

画・坂岡 真

キリトリ線

※ページ内側にあるキリトリ線で切って、備忘録にお使い下さい。

キリトリ線

鬼役メモ

画・坂岡 真

※ページ内側にあるキリトリ線で切って、備忘録にお使い下さい。